U0059677

一群人大搖大擺地走下樓梯。入口處瞬間變得和尖峰時刻的山手線一樣擁擠。

果然真的有一千五百人吧。

「我們接獲線報，說全日本妖怪推進委員會的殘黨在這裡召開祕密集會，沒有錯吧？」

「說殘黨並不正確，我們人數並沒有減少，因此是全日本妖怪推進委員會的通常集會。能來參加的都來了。」

是郡司的聲音。店內擠滿人潮，看不見裡面的情形。

「你真誠實啊。」

不像雷歐一開口就說謊

「既然如此……接下來會有什麼發展，你應該也心裡有數吧？」

「抱歉，我不明白你們的用意。你們是誰？」

「我是東京NJM千代田區支部討伐隊的瀧川。」

「克莉絲蒂爾嗎（註34）？」雷歐忍不住又耍寶，立刻被揍了。

「神田綱紀整肅會、神保町商店會巡邏隊也有派人參加這次行動。我們奉命拘捕你們全日本妖怪推進委員會的人。」

註33：科幻影集《星艦迷航記》中的尖耳外星人。

註34：指日法混血女主播瀧川克莉絲蒂爾。

「拘捕？我們只是在這裡喝酒，吃薩摩炸魚餅，並無犯法。縱使我們有違法行為，也是警察來，輪不到你們。」

「你們違反的不是法律，而是道德。」

瀧川隊長說。

「道德？」

「光團體名稱使用了妖怪如此汙穢的事物就已罪無可赦。想都不必想，你們的存在本身就是不道德且反社會。即使法律容許，你們的存在依然顯著阻礙了我們的生活，此乃無可辯駁的事實。」

「我們什麼都沒做，何來阻礙之有？」

「恬不知恥地用妖怪這種說出口都嫌髒的名字作為名稱，甚至公然推廣，這根本是對國家暨人民褻瀆且挑釁的行為。不僅如此，你們對自己已擾亂社會善良風俗卻毫無自覺的驕橫態度更是罪惡。我等絕對無法放過如此邪惡之徒在千代田區內密謀實行不良企圖。」

「我們只是來吃雞肉。」

「總……總之你們不准來神保町！」

「我的辦公室就在神保町，要我別來是辦不到的。」梅澤說：「要我搬也不是不行，只要你們肯出搬遷費。」

「閉……閉嘴！別玷汙神保町！」

「沒錯！倘若你們在區內聚會的事被其他地區得知，本區會遭到蔑視！區民會受到歧視，再也無法過正常生活！千代田區會被隔離！」

「又不是傳染病。」

「都一樣。乖乖束手就擒吧。我們派了囚車過來，總之給我上車。」

「你們要把我們關在哪？」

「你們是危險分子，得送入ＮＪＭ的隔離設施徹底進行再教育才行。這間店鋪剛才也確認有妖怪出現，所以必須立即封鎖淨化。」

「你們沒有這麼做的法律依據。」

「現行法令已無法重建日本，這是再明顯不過的事實。只仰賴政府或司法的話，不久的將來這個國家必定會走向毀滅一途。為了拯救荒廢的人心，整肅社會綱紀，使之復正，吾等必須肅然執行。」瀧川說：「要說我們目無法紀儘管說吧。我們只是在彌補國家的漏洞。即使警察介入，我們也絕不放棄。我們絕對不會放棄戰鬥，直到妖怪從日本消失，日本淨化的那天來臨為止！」

瀧川高喊，其他人也一起嘶吼。

「你們還想抵抗嗎？」

「從一開始就沒打算和你們戰鬥。」

是京極的聲音。

「只是，也沒有打算遵從。雖不是不能理解你們的氣概與心情，但道不同不相為謀，而且你們的手段過於蠻橫。我無法認同你們以高壓態度逼人遵從的做法。」

「為何不坐下來好好談？」及川也跟著說：「用不著戰鬥，我們很弱的。」

「我與你們沒有對話空間。試想，發現地上有糞便的話，自然會清掃吧？你們會和大便對話嗎？會問它是否想待在馬路上嗎？沒人會問的，也不會有人考慮大便的心情，替它移轉到別處的。糞便就只是糞便。不立刻清潔打掃，就會將環境搞得又髒又臭。懂了嗎？糞便們。妖怪只是狗屎，是汙物。」

「嗯，妖怪實際上的確稱不上潔淨。」

京極表示同意。村上也附和：

「牠們通常也喜歡糞便或臭屁啊。」

聽到村上這麼說，多田也嘻嘻笑了。兩邊態度的溫差實在很大。

「你們看也知道，我們這批人當中沒有女性，只是一群老頭子。你說我們髒，我們也只能說『就是如此啊，真是抱歉』。我們無從賣萌，也不會因為都是男的就有ＢＬ要素，當然一點也不帥氣。畢竟妖怪都是些又骯髒又窮酸的傢伙啊。形容我們是糞便倒是挺貼切的，但要隔離我們可就敬謝不敏了。」京極說。

「無端把人隔離是不能容許的行為吧。不管你們的主張為何，都不應動用私刑。日本好歹是個法治國家。」

郡司如此說後，及川無意義地跟著喊：

「沒錯，是法治國家啊。所以說，別管我們吧。」

話音甫落，及川立刻被揍了一拳。

「很……很痛耶。痛死了！」

「看來你們打算抵抗到底。」

「不，我們並沒有抵抗。出手的是你們。你別看這傢伙外表看似和鮑伯．薩普一樣孔武有力，其實只是個超級弱雞。就算和企鵝雛鳥對打，這傢伙也會輸的。」

京極說完，村上也跟著附和：「連出生不到一個月的熊貓也贏不了。」

「及川選手，剛剛揍你的力道明明不足以把人揍飛吧？」

「我的腰……我的腰……」

「什麼腰嘛，真是累贅。不然這樣吧，這傢伙交給你們，換取其他人的安全如何？把這傢伙送進你們那個設施，讓他更生為正常人。連同外頭被抓的那隻。」

雷歐遲了一拍才發現京極所謂的「那隻」是指自己。

「想消解壓力的話，要欺負或乾脆殺死都無妨。有那隻的話，警察應該也不會有意見。可以接受這個條件，就此撤退嗎？」

也沒必要講得那麼過分嘛。

「別開玩笑了！」

「沒錯，別開玩笑了～」

雷歐也跟著叫囂，肚子又挨了一拳。很痛。

「假如你們真的不肯乖乖跟我們走，那就沒辦法了，糞便只好當場處理掉。」

「處理掉？你們想幹嘛？」

郡司低沉嗓音一吼。「別挑釁他們啊，品公長。」聽到岡田壓低聲音勸戒。

所謂的品公長，是「品牌公司社長」的略稱。當然不是「胸罩型浣腸劑」的略稱，更非來自「垂掛的浣腸劑」。總之跟浣腸劑無關就對了（註35）。

「總之我們會淨化你們。」瀧川說。

「唔哈。」這次換似田貝出聲：「要殺了我們嗎？現在？在這裡？」

「不是殺死。是淨化。我們已經請樓上居民撤離了。這棟大樓得淨化才行。」

「淨化！淨化！」背後的會員們不停吆喝。聲音從樓梯外源源不絕傳來，巷子裡恐怕已經擠滿人潮，一起齊聲高喊。

「你們要放火？」

「沒錯，要除去汙穢，燒毀是最佳辦法。表面上你們會被當成火災的犧牲者，讓你們逃了就麻煩了，所以我們會綁縛你們，膽敢抵抗就直接揍暈。」

「燒了我們會產生有毒氣體喔。」梅澤說：「看我的脂肪這麼多。」

很有說服力。

「燒了我的話，不只千代田區，東京二十三區都會被汙染。我的體積龐大，是個又肥又髒的老爹。」

瀧川迅速揮動警棍，瞬間，在樓梯或入口前待命的眾人一湧而上，衝入店內。雷歐被推來擠去，就這樣又被擠回店內。

「嗚哈哈！別亂來！」

「面對以量取勝的戰法，我們完全沒轍。雖然從一開始我就沒有戰鬥的打算，就算有戰意，看到這陣仗也會消失吧。辛苦你們了。」

「京極先生，你怎麼還這麼悠閒啊。別放棄逃亡……好痛！好痛，痛死了。我明白了，我明白了所以住手好嗎！害我放屁了。」

「吶，用不著綁我們吧？我們不會逃跑的。因為根本逃不掉。吶，你說啊？我們逃得掉嗎？」

「唔哈哈，好癢啊。」

「我的腰……我的腰……」

——真是一群沒用的傢伙。

腦中想著這些事的雷歐，又被毫無意義地揍了幾拳。雷歐☆若葉想，雖然在這當中，最

註35：日語中為諧音。

沒用的人其實是自己。下個瞬間，雷歐的腦袋瓜又被K了一拳。

他明明什麼也沒做，就被人五花大綁。又不是火腿。

「來吧，臭蟲子們。和你們喜歡的妖怪一起變成灰燼吧。我不會幫你們撿骨灰。抱著會被當成垃圾一起丟掉的覺悟吧。」

「人都要死了還覺悟個屁。」

「也是，那就別覺悟了。神保町，以及千代田區的各位，如此一來，就能淨化此地了。」

「綱紀終將受到導正。」

「商店街也會恢復正常。」

「拿燈油來。」瀧川這麼說的時候。

有某種物體從廚房方向被拋出。

該物體落在地板的前一刻開始噴冒白煙，現場一片譁然。

緊接著又有另一個物體被拋出，店內充滿白色煙霧，視野受到遮蔽。

「是催淚瓦斯。」

村上說。

「幹嘛這麼做？直接燒死我們就好，人終將一死就算了，但我討厭痛啊。被這麼一搞，什麼都看不見。」

傳來郡司的聲音。

「喂，到底在幹什麼！」

「唔哈哈，好癢啊。」

「我的腰……我的腰……」

「發……發生什麼事了！」

「到……到底是誰！」

最後喊叫的是瀧川。隨即傳來他「嗚嘎」慘叫。

「哼哼哼哼哼，ＡＫＫ４８登場！」

「那是啥。」村上問。

「聽了可別嚇到喔，我們乃是亞洲怪異解放聯盟，簡稱ＡＫＫ！」

「這不是久禮嗎？你在幹嘛？怎麼這身打扮？在玩生存遊戲或戰爭遊戲？」

「久禮？」

「咦？京極先生，你怎麼能看到我？這是催淚瓦斯耶，太奇怪了吧。」

「我剛才在閉目養神。而且我對這類東西有抵抗力。我天生被煙燻到也不會流眼淚。先別說我了，現在是怎麼回事？」

「當然是來救你們的啊。」

「從關西專程過來？還是今天關東這邊湊巧有學會？」

「怎麼好像沒什麼緊張感。當然不是開學會。然後我好不容易用防毒面具遮住臉，別直呼我的本名好嗎？」

「唉，抱歉抱歉。所以你就是木場囉？」

「不，我的代號是『Hotel Noir』。」

「你果然是木場。幹嘛幫我解開繩子？」

「就說是來救你們的，請乖乖地被救好嗎。」

「可以是可以，這不是松野和久留島嗎？慢著，怎麼連榎村老師也這副模樣？」

「喂喂，現在我的代號是『林沖』。」

「話說回來，京極先生為何能認出我們呢？」

「嗯……到底為什麼呢？」京極裝傻地說。

「你……你們這群傢伙，竟敢妨礙我們！」

「反對暴力～」

聽見松野倉的聲音，然後聽到金屬聲以及瀧川的悶哼。由此推測起來，松野正在行使暴力。

「有人闖入了！」

「有暴徒混進我們之中！」

明明他們自己才是暴徒。

「光之所在，影亦隨行。」聽起來似乎是久禮的聲音說：「怪異一直以來都與文化同在。只要是有人類活動之處，不管任何時代，必然有怪異存在。視怪異為汙穢並加以蔑視，乃是對自己國家的歷史文化的褻瀆行為。不僅如此，毫無理由、無法無天地奪走無辜者的寶貴性命，即使老天饒赦，吾等也不放過。東亞怪異學會絕不允許如此愚蠢的暴力行徑，吾等將作為亞洲怪異解放聯盟，在此起義！」

「久禮，你的演講能力變好了。」

「別用本名稱呼我，這樣我會high不起來啦。呃……吾等研究怪異者斷然反對來自社會的不當壓迫。現在動搖這個國家的並非怪異。使日本陷入混亂的原因反而是這股不當蔑視怪異文化的風潮，以及放棄冷徹地檢視怪異的無知。這個無腦採取暴力行為的暴徒橫行、欠缺倫理觀念的社會早已失去正常。如此欠缺思慮之輩還妄想撲滅怪異文化，簡直可笑之至！」

「久禮，你也太多話了。」

「他是為了爭取幫大家解開繩子的時間吧？」

「是嗎？我看他只是想和人辯論而已。」

「京極先生，既然你也知道是這麼一回事就別光坐著，快點站起來好嗎？」

「久禮仔！」

是村上的聲音。繩子被解開了。

「哇，你這身迷彩服還挺帥的嘛。」

「喂喂，如果這是電視劇，現在就是戰鬥場面喔，是大亂鬥的場景喔，懂嗎？各位差點被殺，對此可以有點自覺嗎？假如這是小說，各位會讓角色說這麼氣定神閒的台詞嗎？我看不會吧。緊張感和速度感會被中斷，這樣不行啊。」

「不行嗎？」京極說：「我反而覺得敵方頭目被唯一的女生用平底鍋打倒的劇情才真的不會被小說或戲劇採用哩。」

「被發現了！」松野喊。

「不管如何，總之快一點啦～外頭的人愈來愈多，狀況超級不妙啊～」

廚房傳來說起話來總愛拉長語尾的聲音。應該是化野燐。

「來來，別摔倒了喔。現在視野不佳，睜開眼會刺痛。啊，郡司先生，好久不見了～」

「你們自己的成員才真的沒啥緊張感吧，久禮。」

「大家別鬧了，真的不快點走不行啦。外頭有車接應，總之先從廚房緊急出口離開吧。快點上車。京極先生，你還知道怎麼跑步嗎？」

「不，早忘記了。」

「請用力回想起來。上頭也在進行攻防戰，不快一點連我們也會被遭殃的。」

「知道了。不過你們是怎麼找到這的？。」

「因為我們一直在監視ＮＪＭ啊。自昨天起，會員的行動變得很活躍，因此我們猜想會有大規模攻擊行動。然後那個杉並的……等等，現在不是說明的時候。」

「太過分了，我還被綁著，居然沒人救我。」

「啊，忘記雷歐先生了。真麻煩，直接跳著過來吧。」

木場落井下石地說。

「跳不起來啦，連爬都爬不起來。敵人壓在我上面。」雷歐說。

咚地一聲。雷歐突然感覺身體變輕了。

「已經沒人壓囉。」

出手的人大概是松野。用平底鍋。

這個女生有點恐怖。

「雷歐先生總是特別費工夫呢。」

「真的嗎？我覺得應該跟其他人差不多而已。只有我被綁得特別豪華嗎？」

「我是在說印象啦，印象。」

原來是印象。防毒面具底下，松野多半在笑吧。

「真的很費工夫呢。綁得這麼緊要解開也很麻煩，就用這個直接切囉。」

是野外求生小刀，超危險的。說不定會順手捅一刀，然後說「抱歉，手滑了～」呢。

「奇怪，怎麼都切不斷。啊，原來是我拿反了。」

「我……我就知道。」

「切斷了。」說完，松野離開。見催淚瓦斯逐漸散去，大批暴徒又從入口處衝入居酒屋。

「住手～我……我是個人畜無害的年輕人喔！等等，松野小姐，妳只切了我腳上的繩索。」

「快點快點，不然要拋下你囉。」

「不行啦～」

雷歐踢開二、三張椅子，衝進廚房。

撞到的腳痛得要死。

拾伍

靈視者使出外道照身妙技

「這棟大樓裡究竟有什麼？」松村進吉啃著紅豆麵包問：「為啥說是妖怪的製造廠？製造？妖怪是從這裡生產出來的？」

「大概像爆米香機的感覺吧，把米放進去就會蹦出來。咻砰咻砰。」

回答者是平山夢明。說到「咻碰咻碰」時照例順便做出下流動作，彷彿當年的由利徹（註36）一樣。

「記得以前不是很流行嗎？把黏土放進模子裡作成臉孔之類的造型，再放進窯裡燒硬。也許類似那種吧。」

對於平山的無聊玩笑，水沫流人正經八百地回答了。說話時夾緊腋下、雙手合十的獨特動作顯得很誠懇。

「真的是那樣嗎？聽起來太奇怪了。」

松村皺起那張古銅色滿面油光的臉說。

「蕎麥麵煮好了，有人想吃嗎？」

穿著圍裙的黑木主從廚房探出頭來詢問。在他背後，綽號佩可的宍戶麗正端著盛放蕎麥麵的餐盤。不知為何，小說家小松艾梅爾也在。窗邊有面容凶惡的福澤徹三正在抽菸。代替煙灰缸的不鏽鋼水桶裡頭已堆了不少菸屁股。看似百無聊賴地坐在他對面的同樣是個理光頭的男人，是小說家真藤順丈。順丈微舉起手來，慵懶地說了聲：「啊，我要吃。」

現在是社團合宿嗎？是棒球社強化訓練合宿碰上外頭下雨，無所事事的午後一景嗎？但現場卻淨是些怎麼看都不像一般老百姓的傢伙又是怎麼回事？還是說，這裡其實是感情融洽的黑幫事務所？

以上皆非。

黑史郎想，這裡是我家啊。

為何會變這樣？

黑背後現在有一尊比人類體積更巨大一點的邪神，祂的觸手勾纏著黑，已分不清誰寄生誰了。黑不討厭邪神，甚至是喜歡，但現在的狀況老實說很受拘束，很不方便，他並非心甘情願變得如此——

還有點噁心。

真懷念精螻蛄的時候。黑想，人類真是愚蠢的生物啊。

被精螻蛄糾纏的人生再怎樣恭維，也找不到一丁點幸福的要素。就算現在沒有舉國排妖的風潮，就算是在妖怪受到全民喜愛的社會裡，那種狀況依然是難耐的。精螻蛄絕非什麼可愛的事物。

註36：1921～1999，日本諧星。

不只不可愛，還很煩躁。就算不是精螻蛄而是一隻可愛小貓，一天二十四小時被黏在身邊也會受不了。然而——

現在黑甚至懷念起精螻蛄了。他覺得當初被精螻蛄糾纏時還比較好一點。

——當然不好。

這種事是相對的。

但不論怎麼調適心情，現在的狀況依然糟糕透頂，毫無疑問的餘地。

——不，這很難說。

黑開始擔心將來狀況會更加惡化，反而懷念起現在。當他思考著這些事時，蕎麥麵端來了。是黑木專程從山形帶來的。艾梅爾問黑：

「麵要放在哪？維持那種姿勢很難吃東西吧？」

「啊，我不吃。我肚子不太舒服，這種狀況下還要跑廁所太麻煩了。」

「可是不吃真的好嗎？」

「沒關係的。」

其實有關係。

一群以撰寫怪談、妖怪或恐怖故事為業的人們圍繞著電視和樂融融地吃著蕎麥麵。而且是在黑的家裡。這裡不久前還是黑和心愛的老婆與孩子和樂融融起居之處。明明場所相同，狀況也無甚差別，為何感覺上就是有所差別？為什麼？

——關於這一點。

懷念起和平的日常生活有何不可？黑只是個普通人啊。

觸手又開始扭動。濕滑黏膜緩緩滑過黑的脖子。

——居然在對我撒嬌。

太古邪神也會像寵物那樣親近人嗎？

演變成此一窘境的罪魁禍首是平山。因為他拍下了照片，並寄給黑木和松村才會變得如此。

而且是攀在頭上時的照片。

而且命令那兩人在推特公開。

而且那兩人居然馬上照辦了。

太蠢了。

雖然臉被觸手遮住，大部分的人並不知道這個被邪神攀在頭上的小丑是黑史郎。但那只是大部分的人。大部分僅是大部分，而非全部。

和黑很熟的人一眼就看出來了。

例如黑以前任教的學校的學生們、交情很好的漫畫家、雕塑家山下昇平等人，幾乎是同時傳送電子郵件過來。雖然看不出來他們是擔心黑還是覺得好玩而已。

若只是如此倒也還好，但網路上往往紙包不住火，不知在哪走漏風聲的，一眨眼功夫，小說家黑史郎豢養克蘇魯的傳聞被人煞有其事地、迅速且寧靜地傳開了。雖說並非傳聞，而是事實。

或許是看見這則消息吧。

黑開始感覺到有視線有意無意地朝家裡注視。原本被精螻蛄糾纏時就已引來鄰居側目，這也沒辦法。雖然尚未有人明目張膽進行攻擊，但鄰居們的監視明顯變強，難以踏出家門一步。住家附近也時常可見疑似危險分子的人影徘徊。

而且……是在平山和福澤回去前。

平山和福澤雖然外貌凶惡，不代表他們擅長打架。

災難也降臨到上傳照片的松村和黑木身上。

兩人上傳的照片在短時間內被大量轉發，立刻收到數量難以置信——真的多到無法計算的程度——的留言。不只日本，還來自全世界。

是的，留言不僅有國內排妖風潮的辱罵，亦有對邪神的擁護。畢竟邪神並非妖怪。

不管是攻擊也好，擁護也罷，總之兩人因而一夕爆紅。松村擔心生命受到威脅，便把家人託付給親人照顧後隻身來到東京。至於黑木則因這件事和出版社間的關係惡化，又遭到四、五個不認識的人襲擊後，同樣急急忙忙地趕來東京——這是在發推特後隔天的事。

網路社會，速度第一。

這一切怎麼想都是平山害的。

不，追本溯源，應該是黑害的。

不對不對，真正的禍首其實是這隻章魚邪神吧。

松村為了求救，黑木則是為了抱怨，兩人不約而同來到東京。這時，害慘兩人的平山仍留在黑的家裡，因此兩人毫不猶豫地直接往這裡前進。同一時刻，帶東西來慰問的水沫流人也變得回不了家。事已至此，平山索性連真藤、宍戸以及小松也呼喚過來。

真搞不懂他的想法。

「忘了是在什麼時候，印象中我們不是有一起去嗎？」平山說：「去那個叫啥溫泉的地方旅行。記得品味挺俗氣的。某R（羅塔）把鞋櫃和置物櫃搞混，結果全裸跑到玄關穿衣服，真是蠢爆了。從沒看過那麼笨的傢伙。我看他根本就是一頭能用雙腳站立的白豬吧。」

「怎麼又是豬啊。」福澤吐嘈。

「現在的感覺就和那次溫泉之旅很相似啊。」

「但這裡不是溫泉，也沒有黃金浴缸。」

「只要把巴斯克林倒進浴缸裡，氣氛就和溫泉沒兩樣了。對吧？黑木。」

「咦？問我嗎？雖然我不是很認同……嗯，是的。」

「幹嘛回答得那麼不情願。不然我問小黑。這種感覺還不錯吧？」

「啊……是的。」

黑姑且同意。

雖然現在狀況極度異常，但也不是這群人都回家就能恢復正常。因為最大級的異常仍未離去，沒人留下來幫忙的話，反而會造成生活困難。被如此巨大的怪物纏身已不可能外出了。光從這傢伙的體積看來，恐怕會卡在門口出不去吧。黑也想過把祂甩下逕自外出，但祂根本不是動物，萬一讓祂在外頭冒出來就完蛋了。

什麼東西完蛋了？當然是黑的人生。

他不敢冒這個風險。而且假如其他人離開，留黑和這尊邪神在這間房子兩人獨處的話——雖然用「兩人」怪怪的——黑反而會不知所措。當初還是精螻蛄時，至少主導權還在黑身上，但現在黑反而彷彿成了邪神的部下。即便邪惡，好歹也是一尊神，這也沒辦法。

這層意義下，目前的奇妙情況還算能接受。

「與其問這個無聊問題，更重要的是討論今後該怎麼辦吧？平山兄，我們總不能一直留在這裡共同生活吧？已經第三天了啊，第三天。」福澤說。

「在哪還不都一樣？」

「一樣是一樣，可是黑兄也會困擾吧……」

福澤愈說愈小聲。因為他瞥見黑背後的邪神。

只要那尊邪神繼續留在這裡，已難以判斷哪邊才算造成困擾。

「你想想，萬一我們回去，被那團簡直像豬內臟的物體糾纏的小黑該怎麼辦？」

「怎麼又是豬啊？」福澤皺起剃掉的眉頭。

「他現在這樣沒辦法去買東西，就算編輯要來幫忙，看到他這樣也只會感到噁心，立刻打道回府吧。沒有任何人肯上門，只剩我們。因為我們這群人不怕這種東西。看，每個都好像一家人般，多麼和樂的氣氛。」

「就是這點奇怪。來幫忙是好，現在卻反倒害我們沒辦法回去。」

「所以我才找了佩可和艾梅爾來啊，你還不懂我的深謀遠慮與先見之明嗎？她們的話，去買個東西總不會被注意吧。」

「那幹嘛找我來？」真藤問。

「順便而已。」平山回答：「你聽過博愛、平等或一視同仁吧。就是基於那種情操。」

「夠了。」福澤說：「現在這個狀況，我們和電視上躲在公寓不出來的傢伙們也差不了多少。」

「笨蛋，差得可多了。那裡頭躲著誰我不知道，但他們肯定連蕎麥麵也沒得吃。對吧？黑木。」

「怎麼又問我？呃，是的，我想他們應該沒辦法。雖然我根本不確定。」

「看吧。況且電視不是說那棟公寓是妖怪咻砰咻砰工廠嗎？我們則是拉布拉多福特。」

「是洛夫克拉夫特。」

「對啦，就是那個作家筆下的邪神。與妖怪根本不同。」

電視上映出杉並區某棟公寓被大批群眾包圍的影像。

三天前——換句話說，是精螻蛄變化成克蘇魯的那天——有「超過三百名」暴徒湧入杉並，包圍該地一棟公寓放火的事件發生。他們瘋狂地主張公寓內養殖妖怪，但不知為何，公寓非常堅固，即使遭到放火也毫髮無損。

隨著時間經過，包圍公寓的暴徒人數愈來愈多，杉並一帶的交通癱瘓，也有人趁亂犯罪，治安嚴重混亂。直到半夜機動隊才總算出動時，包括圍觀群眾，環繞公寓的人群達到近兩千人之譜，狀況已變得難以收拾。

之後機動隊和暴徒隔著公寓對峙，進入一觸即發的膠著狀態，直到現在。雖然構圖上是機動隊為了鎮壓暴動而出動，但社會輿論，或者說社會大眾似乎並不這麼認為。日本瀰漫著認為真正的邪惡是固守在公寓裡的不良分子的氛圍，連向來是牆頭草的報導媒體也無視法律大言不慚地宣稱公寓內的人員應及早投降。

明明作惡的是包圍者。

「雖然我們這邊沒好到哪去，但那邊似乎更慘呢，情況已經難以收拾了。」真藤表情苦悶地說：「照這樣看來，襲擊者們就算想退也退不了。現在狀況已不是他們說玩膩了想走就能一走了之的。就算想撤退，機動隊隨時等著抓人，不可能喊聲解散就走人吧？」

「的確不可能。」

「換句話說，照這樣下去，除非抗議群眾攻破公寓或守在公寓裡的人們出來投降，事情就難有進展對吧？」

「嗯，恐怕是吧。」

「所以……機動隊來恐怕不是為了鎮暴，更像是來推他們一把，唆使他們快上。」

「肯定是這樣。」平山說：「這些條子礙於法令而不敢自己來，所以就默認暴徒動手。看，他們根本不肯行動嘛，明明直接逮人就解決了。暴徒都放了好幾次火，根本就是現行犯，這些行徑也被轉播了不是嗎？話又說回來，這棟公寓到底是怎樣？就算被人放火也不痛不癢的咧。」

「所以更可疑啊。剛才節目來賓石田衣良老師也說，若是普通建築早就燒毀了，一般公寓不可能這麼堅固，所以肯定有問題吧。」松村說。

「衣良兄這麼說啊？」

平山笑了。不懂他笑的理由。

「所以我才會問妖怪製造廠是什麼嘛。就算不是這個，這公寓也肯定有問題。」

「就說是爆米香機。」

「別再開玩笑了。」福澤制止，接著說：「只是，這段影像實在很難相信發生在東京啊，根本和以前開發中國家的暴動沒兩樣。」

「幹嘛這麼麻煩，乾脆派出自衛隊用飛彈連同公寓和暴徒一起炸一炸不就清爽多了？」

「平山兄又在亂扯。話又說回來，這棟公寓到底住了哪些人？調查登記的話好歹能知道屋主是誰吧？但新聞居然沒有報導。」

「其實網路上早就在流傳了唷。」艾梅爾說。

「真的嗎？是誰？」

「畢竟是網路上的消息，真假難辨。據傳屋主是水木茂老師，住戶則是荒俣宏老師。」

「太扯了吧？」真藤說：「什麼跟什麼嘛。因為說是妖怪製造廠，所以是這兩人？既然如此，京極先生應該也要一起搬進來住才對。」

「哈哈，八成有吧。」平山拍手大笑說：「京仔肯定也住在裡頭，和水木老師與荒俣兄一起。聽起來真蠢。不只如此，他們現在還守在裡頭咧。」

平山指著畫面抽搐般地笑，並說：

「嘻嘻嘻，難怪傳郵件給他也沒回應。不過說真的，就算京仔真的住在那裡，八成早就逃了。他就是那麼精明。正因為裡頭根本沒住人，所以才毫無反應吧。難不成他在裡頭打坐？不是說高僧打起坐來能一、二個月不吃不喝，像尊石佛一樣？」

「那是彩虹人（註37）吧？」黑木說：「反正這個說法多半是謠言。就算那棟公寓是水木老師名下的不動產，說荒俣老師住在那裡也太湊巧了吧？」

不。

這件事恐怕是真的。黑曾聽京極提過。

荒俣先生借用水木先生名下的公寓，祕密在該處研究村上發現的神祕呼子石……

因此，這些傳聞並非空穴來風。現在上電視的那棟公寓就是那間研究所吧。

說該公寓是妖怪製造廠如此瘋狂的見解雖然是妖怪撲滅團體的攻擊藉口，但至少那裡真的是妖怪研究所，說是師出有名也不算錯。

換句話說。

荒俁先生正陷入千鈞一髮的危機之中。

——嗯……

該告訴這群人這件事嗎？黑史郎猶豫著。

平山正在笑。而且是高聲大笑。

——還是別說好了。

可以肯定京極不在那棟公寓。因為全日本妖怪推進委員會襲擊當天在神保町舉行祕密集會。村上和多田都有參加，因此他們應該也不在那棟公寓裡。但是荒俁宏肯定在吧。

——這可不妙。

這是世界妖怪協會創立以來的大危機。

是超越淺間山莊或某銀行人質事件的重大事件。

噗嚕，觸手震了一下。

註37：1972年開始播映的日本特攝影集《愛之戰士彩虹人》中，主角彩虹人擁有七種化身，但弱點是力量用盡會全身石化，進入假死狀態。

似乎又變大了。這尊邪神真的沒問題嗎？說不定之後會膨脹到擠滿整個房間，屆時會變成立方體邪神嗎？

「啊，都知事召開緊急記者會了。」

聽到黑木的呼喊，黑轉頭看電視畫面。

面如死灰，令人聯想到喪屍的仙石原知事出現在螢幕中。

「我討厭這傢伙。」佩可用嗲聲說：「長得好像味醂魚乾。」

「哈哈，什麼比喻嘛。不過沒半個人喜歡這個知事吧？這傢伙真的有支持者嗎？」

「如果沒有支持者，他又是怎麼當選的？」

「這世間就是這樣啊。」

「是怎樣啦。」

『法治國家無法容許此般暴動，是故東京都政府決定動用先前剛通過的保護都民生活暨財產特別治安維持條例第五條，除了請求自衛隊支援外，由此刻算起正好五十分鐘後，將派出東京都衛生局妖怪驅除課的特種襲擊部隊。』

「S……SAT嗎（特種警察部隊，Special Assault Team）？」

「不是那個。聽說全名叫『Yokai Attack Team（妖怪襲擊部隊）』，簡稱YAT。」

「看，果然想全部炸飛吧，嘻嘻。」平山笑了。

糟……糟糕，這非常不妙啊。

「那……那個叫啥YAT的是什麼部隊？」黑問：「配備了何種裝備？是歷戰的傭兵嗎？擁有火箭發射器或格林機槍嗎？還是會搭乘滿載祕密武器的超級機體呢？」

「喂喂，他們的對象又不是怪獸。」福澤回答：「不是那種類似地球防衛軍的組織啦。」

「但至少是特種警察部隊吧？戲劇裡登場的特種警察部隊往往比一般軍隊還強，應該會開直升機進行突擊，並將閃光彈拋入房間裡吧？」

「真的有這支部隊嗎？」真藤說：「從來沒看過。」

「就說不是SAT而是YAT。」

「應該是那個吧？又冰又白的。」平山說。

「又冰又白？」

「吃起來不就那種感覺嗎？」

「那是涼拌豆腐（hiyayakko）啦。」艾梅爾吐嘈。

「妳居然聽得懂。」

平山一陣佩服後，又開始抽搐般地笑了。

「我還以為不是京仔就聽不懂呢，對吧？」

「就說不是YAKKO而是YAT。那是專門驅除妖怪的部隊，不會使用那些重裝備。」福澤說。

「詳細內容不清楚。」黑木接在福澤後面說：「不過我想應該是消毒、清掃的專家。」

「消毒？」

「妖怪又不是汙垢。」

呃……果然被當成黴菌了。

「如果是那樣，應該沒啥用吧？」松村說：「暴徒連火都放了還不是沒效果？我看這棟公寓除非被飛彈打到，否則根本不會塌。」

「不然你開怪手去衝撞吧。」平山說。

「那麼堅固的房子只靠怪手沒用啦……慢著，為啥我要站在暴徒那邊？莫名其妙。照我看來這棟公寓裝甲相當厚實喔。雖然表面上看不出來，裡頭絕對有改裝過，這瞞不過讀土木工程的我。」

「這樣的話應該無計可施了吧？」黑說。

「不，應該相反。」真藤回答。

「為什麼？」

「若想從外側用物理方式破壞，的確需要工程機械或重武裝。但那是要破壞整棟建築的話。若警方採用消毒或除菌的方式，那棟公寓恐怕也防範不了。」

「不然他們會怎麼辦？撒鹽嗎？好歹是特種警察部隊耶。」

「也許是相撲力士部隊。」平山也來攪和。

「不，相撲力士算是物理攻擊吧。然而這支部隊的專長卻是藥品。我猜會用化學攻擊，被用這招的話恐怕沒人能受得了。」

「沒人能受得了？」

「那棟公寓就是因為面對來自外側的物理攻擊很頑強才會選擇固守，但反過來說，裡頭的人也出不來。因此包圍者處心積慮就是想逼他們出面。現在這狀況一出來就輸定了。就算裡頭有儲糧，但電力、自來水等基本線路恐怕在襲擊者們的掌握中吧？嗯，他們肯定有採取行動。」

「如此一來，連廁所也沒辦法用了呢。」黑木說：「這倒是很傷腦筋。」

「白痴，廁所又沒什麼。」

「平山先生，你怎麼這麼說呢？哪有可能沒什麼，糞便處理很重要啊。」

「不過是屎，隨地拉就好。又不會有人整天拉肚子，聞點臭味死不了的。雖然我不知道公寓裡有多少人，但一天一次的話，目前為止也才拉三次吧？」

「裡頭有十個人的話就有三十條了。」

「但當中如果有五個人便祕的話，不就減半了？」

「說不定有人腹瀉啊。」

「我在裡頭的話肯定會拉個不停。」黑插嘴。

「呃，別再討論大便了。」真藤阻止，接著說：「我想特種部隊會從通風口灌入強力殺菌氣體。名義上是殺菌，幾乎無異於毒氣，能使裡頭的生物滅絕。」

「唔哇。」

「如此一來，裡面的人只能趕緊逃出。但剛才也說過，一旦出來就輸了。比起破壞房子更有威脅性。」

「聽起來簡直是白日與太陽嘛。」平山說。

「應該是北風與太陽才對吧？白日和太陽不都一樣？」

「對啦，就是那個。我沒講錯啊。」

「根本錯得離譜！」ＦＫＢ三人組——黑木、松村、黑異口同聲吐嘈。

黑愈來愈不安了。

照這狀況下去，荒俣宏先生恐怕難逃死劫。雖然黑不清楚裡頭有多少人，但荒俣肯定在裡頭。

「因此，繼續撐下去就死定了。然而即使投降……」

「也是死路一條。畢竟有這麼多敵人包圍啊。」

「啊……」

留在裡頭會死，出來也會死。不是被消毒劑毒死，就是被暴徒肅清。毒氣或毒打，能選擇的只有痛苦或疼痛嗎？

都知事剛才說會五十分鐘後展開攻堅行動。只剩三十幾分鐘。

猶如風中殘燭。然而，黑也顧不得他人。只要有這尊觸手扭來扭去的邪神在，今日是荒俣宏，明日就輪到黑史郎了。

唉，假如沒有這種事發生，黑現在肯定在把玩橡皮擦公仔或觀賞喪屍電影，小說的工作也一定還有著落吧。

心情開始絕望起來。

就在這時。

聽到奇妙的震動聲。胃開始咕嚕咕嚕痙攣。該不會來自肚子的震動吧？黑低頭看了一眼腹部，仔細一想根本不可能，於是又想，或許是某人手機收到訊息的震動。似乎是黑木的手機。

「咦？收到一封怪郵件。」

「是『我知道你的祕密』之類的恐嚇信？還是『四十二歲的成熟肉體夜夜渴求慰藉』那種？」

「什麼跟什麼。原來平山先生都收到那種郵件啊？是關口先生轉寄的信啦。原本的寄件人……似乎是加門小姐。」

「關口？《達文西》前總編那位？」

「是的。因為和《幽》的關係太深所以被調職，現在改過自新，擔任道德專門誌《憂》的副總編，也被迫退出原本參加的死金樂團，每天被嚴格上司虐待的那位關口先生。」

「好說明式的口吻。」平山說：「就是以前被叫做歧視先生的那個吧？」

只有平山這麼稱呼他。

「然後，加門是指加門七海小姐嗎？她現在怎麼了？」

一方面缺乏題材，一方面又受到排妖運動的影響，許多怪談作家不是轉往其他領域就是封筆沉潛。

「加門小姐和伊藤三巳華小姐靠著立原小姐幫助，逃往北方大地了。」

「立原小姐是立原透耶小姐吧？」

「是的。其他還有幾位得過怪談文學獎的女性作家也跟著去了。北海道少有妖怪出沒，在那邊比較不會受到排擠。」

對世人而言，妖怪和怪談幾乎沒有差別。雖然被討厭的是妖怪，但社會大眾普遍認為就是這些人寫怪談才會有妖怪冒出來，所以也一樣受到排擠。黑認為這是一種嚴重偏見。這時，平山質疑黑木為何消息如此靈通。

「消息靈通不行嗎？」黑木抗議。

「當然不行。你啊，最大的缺點就凡事都想做到滴水不漏啊。對吧？阿徹。」

「別問我。」福澤一臉厭煩地回答，接著說：「不過問題還是郵件內容吧。最近政府好像會審閱私人郵件，倘若在郵件中出現設定的禁止字眼，不論寄件人或收件人都會被盯上。」

「真的假的？」平山皺起眉頭。

「對啊，簡直像美國國家安全局會幹的勾當。」

「阿徹，你意外地是個陰謀論者咧。」

「並不是好不好。這只是個傳言，但眾人說得繪聲繪影的，所以我最近也不太敢用郵件了。」

「呃……」黑木唸出郵件內容：「現在出現在電視上的仙石原都知事……不是人？」

「嗯，的確只有畜生才會做出如此心狠手辣的事。」

「不……不是那個意思啦。你們也知道那些怪談作家……」

「能……能見鬼嗎？」

「是的。就是那個意思。」

「所以說，都知事那傢伙被鬼附身？」

「不，似乎不是鬼也不是附身。而是被某種非人的怪物竊佔身體。郵件說的。」

「啊？」

「不是人，不然是豬嗎？」

「怎麼又是豬啊。」

「豬不會竊佔人的身體吧？就算竊佔了也只會齁齁叫。」

「呃，據說是頭顱很長的綠色噁心怪物……那是什麼？」

「加門小姐腦袋沒問題吧？那種東西根本不存……」

平山說到這裡突然打住，轉頭看了黑。

「啊，存在。」

「現在這個世界會發生什麼都不意外。問題是……」

仍穿著圍裙的黑木走向黑。

「這隻怪物……攀附在黑兄的身上。」

「被攀附著。」黑說。

「不必提醒也能看見。」

「很噁心啊。黑木先生來代替我吧。」

「我才不要。但這種狀態不能說是竊佔身體對吧？」

「所以我說攀附。」

「的確是攀附，被太古的邪神。這傢伙真的愈看愈噁心。雖然很寫實而且很噁心，但這畢竟只是創作的產物。假如連這個都能現形的話，恐怕不管麼都能在現實登場吧。但剛才在電視裡的知事身上，你們有看到什麼嗎？」

「假如被人看到有奇怪物體攀在身上，知事本人或許會被殺吧。」松村說。

如同松村所言，一旦被其他人發現身上有怪異之物附著，必然會換來一陣毒打吧。換句話說，黑現在如果外出的話也一定受到暴力對待。因為他身上有一尊邪神牢牢地攀著。

等等。

知事的話，正如松村所言「假如身上有怪物攀附或許會被殺」，但黑的情況卻是「身上有怪物攀附，肯定會被殺」，是肯定句。

嗚……

「因此她們所指的，恐怕和現在日本各地發生的妖怪湧現現象是截然不同的事態。雖然我不知道那是三巳華小姐看見的還是加門小姐感覺到的。假如當今怪異現象的癥結點在於原本不存在的事物突然變得能看見的話……」

「你的意思是，原本不可視的事物卻能看見嗎？」松村說。

「難道不是嗎？變得如此清晰啊。」黑木說：「現在連原本沒有陰陽眼的我們也能看見妖怪哩。不，甚至不只妖怪，看看黑兄身上的那尊吧，多麼明確。」

與其說可視化，更像是實體化。變得極有存在感。不幸中的大幸是這尊邪神意外地不重，但還是很讓人厭煩。

「但知事身上的我們看不見。」

「然而加門小姐們卻看見了，你是這個意思？」

「只能這麼想了。」

「可是她們之前不是才抱怨過最近什麼都看不見？」

「嗯，她們的確說過鬼似乎消失了。」

「鬼會消失不見嗎？」

「假設鬼真的存在所以才能看見，現在看不到，也許真的消失了吧。」

「反正一般不可能看見的東西她們什麼都能看到吧？」平山隨便且籠統地說：「她們那種人總是宣稱能看到什麼。」

「看到什麼？鬼嗎？」

「沒有那種綠油油的鬼吧？而且她們說頭顱很長，不就是那個嗎？福袋之類的。」

「是福祿壽啦。」水沫仔細地訂正：「平山先生是想說七福神吧？」

「對啦，就是新年期間會賣的那個。總之是種妖怪。」

「可是福祿壽是神耶。」

「隨便啦，還不是妖怪的同類？那種頭顱細長的通常是妖怪。」

黑想起多田克己。多田的額頭也很長。

「但都知事是妖怪撲滅派的急先鋒吧？怎麼會被妖怪附身呢？」

「不，郵件是寫身體被竊佔。」

「那更奇怪。妖怪為何想撲滅妖怪呢？既然被竊佔，怎麼不去擁護妖怪？」

「看來這裡頭一定藏有祕密。」

平山斷言。

「得盡早做出對策才行。郵件也如此建議。」

黑以此作為結語。

拾陸

付喪神於黃昏時刻顯靈威

「大事不好了！」防災門一打開，平太郎邊喊邊衝了進來。

平太郎抱著必死決心嘗試第二次逃脫。說逃脫，其實也沒離開房子，單純只是離開一樓研究室，在公寓內部移動罷了。而且第一次去頂樓好歹有走出戶外，第二次根本只是回到自己的房間而已。

完全沒必要抱著必死的決心。

雖然心情上覺得自己必死無疑。

平太郎回自己房間拿冰箱裡的食物。

其實也沒什麼能吃的。冰箱裡只有超過保存期限的納豆、鹽漬昆布或枯萎萵苣等無從料理的食材。電鍋保溫的米飯發黃變色，看起來難以下嚥，但還沒餿掉，所以連同飯鍋一起捧回樓下。在這個非常時刻不該挑三揀四。此外尚有兩顆快發霉的橘子以及一個忘了何時買的甜麵包。單身御宅族的獨居生活差不多就這種感覺吧。

然後——

這時他想到了。

不是有電視嗎？是的，平太郎有電視。單身御宅族的飲食內容雖然貧乏，精神食糧卻很豐富。他看動畫，看特攝，除了購買影音光碟，也會勤奮地確認深夜動畫的播映時間。於是，他打開電視一看——

能夠收到訊號。當然可以。他在搬家前早就確認過是否有天線。雖然不能申請市話，但不管是地上波數位電視還是衛星數位電視的天線，這裡都有。

——明明就有。

電波被防災牆遮蔽，監視攝影機也被破壞後，公寓內部變得與世隔絕，網路也完全不通。幾乎無法得知外頭情況，但是……

他完全忘記電視還能看這件事。

沒人想到這點。因為除了平太郎以外其他四人根本沒電視。

——得確認一下才行。

或許能從中獲取一些資訊。

留在研究室的話，聽不見分毫外頭的聲音。

原本隱約聽見的細微震動也感覺不到，早已分不清晝夜。

不過，視情況暴徒已經撤退也不是不可能。

其實外頭已歸於平靜，在和煦的陽光中，女國中生牽著小狗一邊哼歌一邊散步。鄰居老婆婆在斜對面的便當店前與郵差叔叔談笑。平太郎的腦中閃過這樣的期待。

但另一方面，也無法排除世界其實已經毀滅，在遭到交通事故汽車冒出的濃濃黑煙中，有大批喪屍拖著腳步徘徊的可能性。當然，房子外已化為荒涼沙漠，自由女神一半掩埋在沙子的情景也不無可能。不過這裡是日本，所以不會有自由女神吧。唉……

——這些事統統都不可能。

不管如何，先打開電視再說。

用不著選台，畫面中直接就映出正受到無數群眾包圍的這棟公寓。

「啊……」

忍不住呻吟。

如同猜想，事態什麼進展也沒有。

不——算有進展吧。人數明顯更多了。似乎也有警察或機動隊。而且由節目旁白聽來，論調似乎傾向於不去討論襲擊公寓的暴徒的違法行徑，而是把問題怪罪在抵死不肯出面的妖怪推廣派上。雖然平太郎們的確是妖怪推廣派，也真的抵死不肯出面，節目的說法還是很令人火大。

然後。

「各位老師，大事不好了！」

「怎麼了？找不到可吃的東西嗎？」

香川抬起變得有些消瘦的臉問。

「不對，他捧著電鍋。」山田老先生說：「有米飯吃嗎？終於能如願以償了。」

「抱……抱歉，只有泛黃的米飯，也……也沒什麼其他能吃的食糧，但我們現在恐怕沒辦法悠哉地討論這些事了。」

「你得到外頭的消息了嗎？」

荒俣和湯本回頭。

「是的。我看了電視。」

「電視！原來你有那種東西嗎？」

「怎麼不早說呢？」

「呃，因為……」

「榎木津老弟，這麼重要的事怎麼沒告訴我們呢。」

「各……各位老師怎麼沒電視呢？正常說來都有電視吧？可是我看各位老師都沒提到這件事，才以為防災牆放下後電視也無法收看，於是就忘記這件事了。剛才我回到房間，看到電視才總算又想起來。」

「電視能收看啊。」

「所以說……」

「我們為了研究而來，沒時間看電視，當然不會搬電視來。這裡會看動畫看得很開心的只有你一個啊。」荒俣說。

「真是個不像話的年輕人。」山田老先生也跟著責備。

「我……我或許不像話，但也託此之福才能明白外頭的模樣啊。我是自己看動畫看得很開心，但如果各位老師想看也可以喔，我有買光碟。」

「別鬧扯了，先報告要事吧。」香川苦笑地說：「發生什麼大事了？」

「都……都……」

「都？」

「知知知知……」

「要不要幫這個小伙子澆點水啊？」湯本說。

「從昨天起就停水了啦。別……別澆我水。那個都……都知事啊。」

「是那個不知為何會當選的鷹派政客嗎？」

「是的，仙石原知事。他現在上電視，說要發動什麼條例。」

「講得這麼含糊，我們怎麼聽得懂？」

「呃，就是那個什麼ｙａｔｔｏｋｏ……」

「鐵鉗（yattoko）？鐵鉗能幹嘛？」

「不是鐵鉗啦，山田老先生。」

「玩具兵進行曲？總算要出發了？（註38）」

「我懂了，你是指ＹＡＴ對吧？妖怪襲擊部隊。」香川說。

「是……是的，不愧是香川先生。聽說政府要派出那支特種部隊了喔。」

「來我們這裡？」

「除了來我們這裡，還能派遣到哪裡？對世人而言，壞人不是暴徒，而是偶們喔。」

「平太郎，你怎麼學起地方腔了？但如此一來，問題就變得有點麻煩了啊，荒俣老師。」

「那是怎樣的部隊？」湯本問。

「據我所知，那是一支集結了除菌、除染專家和驅魔高手——雖然聽起來很可疑，總之是宗教界人士，以及化學研究者等的聯合部隊。雖然光聽上面的描述只會聯想到清潔公司，不過我聽說他們開發了某種超強力化學武器。」

「武器？」

「是的。化學武器受到國際條約禁止，因此名目上當然不是武器，而是視為驅除妖怪的衛生用品，受東京都政府的指示進行開發。說穿了其實就是毒氣。不只細菌，能讓任何生物都斷絕生命，非常可怕。」

「居……居然擁有這麼不得了的武器！」

「其他還擁有許多獨門武器。傳說YAT走過的地方不留一草一木，連蟲子、真菌、細菌、病毒也都會死滅。是真正的完全殺菌。」

「真可怕。」

註38：日本童謠《玩具兵進行曲》的歌詞，「總算」和「鐵鉗」發音相同。

荒俣還是一樣彷彿置身事外般輕描淡寫。

「明明人的歷史是和雜菌一起並進的。沒有菌類，人根本活不下去。」荒俣呼喊。

「是的，所以人也會被驅除。若要區分成清潔和不潔，恐怕沒有比人類更不潔淨的事物了。」

「咱們的確很不乾淨。」山田老先生咕噥：「好幾天沒洗澡洗臉了。各位老師姑且不論，在下渾身老人味，只是個骯髒的老頭子吶。」

「老先生，我們和您也差不了多少啊。」荒俣安慰山田，接著問：「因此，他們接下來要把那種氣體灌入這棟公寓嗎？」

「應該是吧。」香川回答。

「真的要這麼做？裡頭有人啊。我和各位老師們都是人耶。不是汙垢，不是放射性物質，更不是黴菌啊。」平太郎焦急地說。

「我們是人，但也是妖怪的同夥。」湯本說。

「換句話說，我們連人的資格也沒有吧。」香川附和。

「哇啊！可……可是，東京都真的開發了那種彷彿某真理教用過的危險氣體嗎？真的？不是謠言？應該只是必安住或鱷魚殺蟲劑而已吧？」

「就算是那種，我們照樣會死。殺蟲劑也是毒。不管是金鳥還是滅飛，噴進密閉空間照樣難以忍受。就算不會死，健康也會嚴重受損。這類殺蟲劑不都會貼警告標語，要人別對著他人噴射嗎？如同農藥或消毒液，人喝了也一樣會死。」香川說。

「呃，是這樣沒錯啦，可是……」

但這表示不只平太郎，連香川自己也會死。為何他仍如此淡定？

「對了，這裡能擋住那種毒氣嗎？」

「我說過很多次了。」荒俣悠然地回答：「這裡是保管物品的倉庫。物品不會因為毒氣而死，它們原本就沒生命。這棟公寓在改建時壓根沒考慮要保護內部的生物。與其說是沒想到這點，不如說保護生命並非必要規格。但換氣卻是保存物品所必要的。」

「所以說，如果關掉換氣的話……」

「關掉我們也不能呼吸了，年輕人。完全密閉的話，氧氣很快就會用光。」山田老人皺著眉頭說。

「所以……只能投降了？」

「絕不考慮。」眾人同聲說。

「真的不考慮一下下？」

「不必了。」

「保存在此的妖怪資料絕對要傳給後世。直到妖怪博物館成立為止，我湯本豪一縱使得以生命作為代價也要死守。」

「在下也是。」

「比……比生命重要啊……香川先生，您也一樣嗎？」

「不，我還是很珍惜生命。但現在出去只是死路一條，而房子裡的東西照樣會被全部處分，一片也不留。這將是湯本老師所說的世界性的、歷史性的嚴重損失。另一方面，不出去的話，物品好歹能留下。雖然我們死了，但還活著的人或許有機會做點什麼。在生命與文物兩失和壯烈犧牲保存文物之間——我會選擇後者。」

「但是，難道沒辦法一出去立刻關上嗎？只要唰地跑出去，咻地關上鐵門，文物應該也……」

「那我問你。」香川垂下眉梢，說：「就算能咻地關上，唰地跑出去的我們會怎樣？」

「就……就是唰地……」

「只會唰地一聲被殺死吧。」山田老先生目光呆滯說：「一出去肯定會被殺。就算能避開毒氣攻擊，也會被數百名暴徒一擁而上。」

「別……別說得那麼可怕嘛。」

難道沒有活下來的選項嗎？不是死亡就是死亡嗎？那不是選項。怎麼選都沒意義。能選的只有死法，在被毒死和被毆打致死之間選擇一項。但如此究極的二選一問題，恐怕連選擇都不是了。

「不管如何都只能死嗎？我還年輕啊。」

「你這種說法，簡直像在說我這個老頭子死了也無妨。」山田老先生怒目瞪視平太郎：

「在下雖然已垂垂老矣，來日不多，早就對死抱著覺悟。但是你這番言論太不尊重老年人了吧。」

「不……不是的，我不是這個意思。我是在說不管老人或年輕人都不該輕易斷送生命……」

「怎麼是輕易？這可是寶貴的犧牲啊。當年在下被國家逼著為國犧牲也堅持絕不接受。但現在為了守護文化，我則是心甘情願地把這顆皺巴巴的頭顱伸出去啊。」

「好了好了，老先生。」荒俣緩頰：「別責備他了。他也是試著用自己的方式找出活路，無意義地苦思求生策略而已。」

無意義啊……

「和我們不同，他沒有抱著覺悟，對人生仍充滿留戀。他畢竟只是個小伙子，所以就請您多擔待吧。」

怎麼聽都不像在稱讚。

「說得也是，這年紀被人要求去死，不深受震撼才奇怪。要他乾脆地選擇死亡，彷彿在下當年被要求進敢死隊一樣。在下不該強迫他的。沒想到在下也說出自己深惡痛絕的那種人所說的話了。唉，人愈老真的愈乖僻啊。荒俣老師，您點醒了我。平太郎，對不起，和我們這些老頭子一起殉死一定很難過吧，請你忍耐了。」

「不，這個……」

等等——

到頭來還是只能選擇死亡嘛。

「不不，雖然老先生那樣說，不見得一定沒有活路喔。」荒俣說。

「可以不用死嗎？」平太郎眼睛發亮。

「如果離開公寓的話……」荒俣說。

「就是死路一條。」湯本說。

「是的。我不知道外頭的暴徒有多少人，但就算只有十個也很危險。幾乎肯定必死，如果被瘋狂暴徒同時襲擊的話。」

「荒俣老師，別再嚇唬我了啦～」

「不，我的意思是出去必死，但說不定對方根本沒毒氣。如同你剛才的質疑，那頂多只是個傳聞。縱使真的研發出來，都政府也不見得敢明目張膽地做出如此非人道的行徑，對吧？」荒俣說。

「說……說得也是。應該不會做吧。一定不會做吧？那太超過了。」

「我只是在說，有這可能性。有可能，不代表一定不會。不，會這麼做的可能性遠比不做更高得多。雖然高，但終究不是百分之百啊，榎木津老弟。然而出去的話則確實會沒命。」

「嗯……的確是這樣。」

「對吧。所以兩相權衡，繼續守在裡頭能活命的機率大約高了幾個百分比，您說是吧？湯本先生。」

「不只幾個百分比啊，荒俣老師。選擇這邊至少文物能保留下來，百分之百比出去更好。」

果然還是以文物為優先。

「話說回來，要注入毒氣的話會從哪裡呢？從頂樓嗎？最不費工夫的是從底下樓層的縫隙開始吧，但敵人不知道我們躲在哪裡，如果那種毒氣比空氣還重的話，為了將整棟公寓殺菌，應該還是會從上面開始吧。我猜是頂樓的換氣口。」

「殺菌……我們被當成黴菌了嗎？」

「榎木津老弟！」荒俣難得語氣粗暴地說：「你啊，不管是菌類還是人類，生命的重要性都一樣。因為菌類只是低等生物，所以殺了無妨，這樣的想法太不講理了。高等或低等不應成為生殺基準。動物會吃動物，是因為不吃就會死，而人殺黴菌是因為不殺的話自己的生命就會被威脅。生物一向是為了自己的生存而殺害其他生物，不該是因為對方是低等生物就能以此作為基準殺害對方！」

「是這樣沒錯……可是我們有威脅到外頭群眾的生命嗎？」

「他們認為受到威脅了，就是如此。實際上充斥於這棟房子的黴菌也不會危害到他們的健康吧？也就是說，這些黴菌沒道理被他們殺死，因此在這層意義下，黴菌也和我們相同。」

不……反倒該說他們想排除的對象是我們，遭池魚之殃的反而是黴菌。我對黴菌的可憐境遇不禁感到同情啊。」荒俣宏高聲疾呼：「多麼可憐啊。只因為我們是妖怪迷就落得被殺死境遇的可憐黴菌們！」

「荒俣老師。」香川把眉梢垂得更低了，苦笑地說：「我贊同您這番崇高的言論，但我們現在實在沒餘裕同情其他生物啊。而且若基於您這種觀點，外頭的人原本想排除的是妖怪，我們不也算是遭池魚之殃嗎？」

豈只算是，徹底就是池魚之殃。

「但妖怪明明也不會危及對方生命或健康。」湯本說：「荒俣先生說得沒錯，自然界普遍存在著為了生存只好殺害其他生物的情況。某種意義下，自然界也是靠著這樣的道理才成立的。但妖怪明明什麼也沒做，頂多讓人覺得噁心，這樣就想排除牠們真的合理嗎？只因看了不愉快、不中意就想殲滅未免太任性了，這種道理是說不通的。」

「很遺憾地，現在這種道理變成說得通了。只因看了不爽就想解決掉。只因無法原諒就要徹底擊潰——不管是解決還是擊潰，原本這麼做都需要理由，需要更審慎地思考正當性，現在的風潮卻扭曲到變成只憑心情或氣氛就動手，而且還自命正義。妖怪在文化上原本就是為了被驅趕，所以更不會饒赦了吧。」荒俣說。

「我……我們……真的死定了嗎？」平太郎有氣無力地說：「真的沒有活路了嗎？」

「還不知道。」

荒俣噘起嘴來，泰然自若地說：

「我也沒打算死在這裡。雖然湯本先生似乎認為只要能將物品保留下去就好，但對我來說，湯本先生自己以及香川老弟也和這裡的妖怪遺產一樣重要。你們兩位就像無形的文化資產。倘若今後社會風氣改變，重新有機會展示這裡的東西，甚至能成立妖怪博物館的時候……館長只有你能擔任啊。」荒俣指著湯本說。

「這是我的榮幸。」湯本恭謹地說。

「策展人當然除了香川之外也不做他想。而你是目前唯一透過妖怪研究取得博士學位的人。」

「然而，我們真的有那萬分之一的活命機會嗎？」

「活命機會啊……」

「荒俣老師。」平太郎舉手。

「怎麼了？你有好方法嗎？」

「不，正好相反。我想說繼續留在這裡不只沒有活路，恐怕連希望也會失去。雖然不想這麼說，湯本老師認為即使我們被殺菌，文物也能保存下來……」

「難道不是嗎？」

「我對這點抱持懷疑。一旦確認內部人類都死滅的話，手段反而會更激烈吧。再怎麼堅固，也絕非牢不可破。」

「的確。」荒俣簡短回答：「雖然牢固，不代表無法破壞，畢竟是人造物。」

「只要在牆壁上挖個洞丟炸彈進來就完蛋了。反妖情緒繼續升高下去的話，說不定還會對我們發射飛彈呢。這裡真的能防禦下來嗎？」

「基本上是為了防止自然災害而設計。」荒俣說：「沒考慮過防禦武器攻擊。我說過很多次，這裡只是倉庫。榎木津老弟的擔憂或許沒錯。」

「這樣的話，我們不就白死了嗎！」

「我也說過好幾次，如果能不死，我當然也不想死。只是我們沒其他法子了，只能從現有選項中挑一個相對較好的，也就是留在裡頭靜觀其變。」

荒俣說完，抬頭看學天則。

「唉，如果失去這些文物真的很可惜啊。」

「荒俣老師！」

湯本站在旁邊，一樣抬頭看金色的巨人。

「您快別這麼說，我們得死守這裡的物品才行啊。」

「當然。只是這個呼子石……」荒俣拍拍口袋說：「如果我死了的話，不知今後會如何？」

「在下的話……」山田老先生指著細長的桐木盒。

箱子上寫著「怪」字。

「還是很掛念這幅圖畫消失的繪卷吶。」

「就是說啊，各位。這些文物該怎麼辦？文物或許能留存下來，你們可能覺得只要文物能留下就好，但難道就這麼擺著嗎？還會有人繼承各位的研究嗎？在我們犧牲後，妖怪協會的成員們恐怕也會……」

「嗯。」荒俣從口袋中取出石頭說：「榎木津老弟說得沒錯，不能解開呼子石之謎就死是一大憾事。」

照例……

呼子又現身了。嬌小的她站在學天則前面。在平太郎眼裡看似水木漫畫的呼子，在其他人眼裡應該是那位妹妹頭的小女孩吧。

「我們真的無計可施了嗎？」

荒俣不針對特定人物地發出感嘆後，聽到一聲複誦。

「我們真的無計可施了嗎？」

是呼子。荒俣彎曲他高大的身體，彷彿面對孫子般眼神慈愛地凝視她，接著又抬頭看學天則。

「這尊說不定是正牌的學天則呢。經歷了坎坷命運，八十幾年來輾轉於世界各地流浪，最後好不容易回到故鄉。多麼厲害啊。然而現在，這尊作為全球文化、人種交流及進步的象徵而製造的日本產機器人第一號，卻可能會受到與它毫不相干的抨擊，甚至還可能被暴徒破壞……」

「被暴徒破壞。」

呼子複誦。

不存在卻看得見，沒有質量卻能觸摸，非理性的產物——妖怪。

明明狀況緊迫，平太郎卻滿懷感慨。

「近百年前象徵理性的機器人在歷經百年之後，卻有彷彿非理性的的集合體站立在它面前……」

「你錯了，榎木津老弟。」荒俣開口：「學習天的法則——學天則確實基於此一理念創造。發生於這個世界的一切事象皆基於天理與自然的法則而成立。想要學習這樣的道理的性質，我們稱之為理性。明白道理，並將之運用的性質，我們稱之為知性。但天之法則並非人類所能看盡的。因此我們會碰到許多看似不合乎天理自然法則的事物。我們在面對這種事物時自然會感到不可思議，為了解決此一問題，才創造了妖怪。妖怪是人類為了維持理性而產生的一道堤防。」

「堤防……」

「是的，妖怪湧現於理性與感性之間。所以只有笨蛋才能看見啊。」

「笨蛋？」

「是的，笨蛋。過於沉浸在感性的人無法明白自己的愚蠢，但在過於理性的人眼裡，趨向感性的人全都像是笨蛋。妖怪就是在這兩者之間湧現，透過徹底耍蠢來讓人類『辨明』這兩者的差別。妖怪就是這樣的事物。因此呼子和學天則乃是相互補足的啊。」

荒俣接著又說：

「妖怪就是一種理性之中的『預留空間』。不管是什麼機械，如果沒有『預留空間』的話，恐怕運作上都難以順利。製作出機械原本並不需要的臉或手，並賦予表情，使之成為人型機器人也是一種『預留空間』吧。人類是追求理性的生物，但也無法割捨感性。這兩枚齒輪必須好好地咬合旋動，人類才能持續走下去。因此，學天則和呼子並非絕對無法相容的事物，難道不是嗎？」

「難道不是嗎？」呼子複誦。

「就是如此啊。外頭的暴徒們已捨棄理性。倘若建造這尊學天則的西村真琴博士知道此一現況，肯定會搖頭嘆氣吧。」

「西村真琴。」

呼子用照理說並不存在的聲音複誦。

就在這時。

「好高大的男人，你是日本人嗎？」

傳來一聲清亮的男性嗓音。

「啊？」

「我在說你啊。雖不知現在是什麼年代，咱們日本國的國民體格變得這麼健壯了嗎？在我的時代……像你身邊那位小伙子才是標準身材。」

「我嗎？但我的個子算比較矮小的……」

「等等，你是誰？」

一名老人站在學天則身邊。斜戴著貝雷帽，相當瀟灑。衣服的設計十分復古，斑白的頭髮向後梳得整整齊齊。

「你……你是誰？是從哪裡入侵的！」

「你問我是誰？你們不是叫了我的名字嗎？」

「名字？」

「剛才是你叫我的吧？高個子。」

「你……你是……」

「還用說嗎？我是西村啊，西村。」

「西村真琴博士！」

荒俣不禁音高八度地喊出聲來，現場所有人同時退後二、三步。

「怎麼了？明明是你呼喚出我，怎麼一副驚呆模樣呢？」

「幽……幽靈！」

「幽靈？我是幽靈嗎？」

「因……因為照理說，你早已死死死死……」

照理說早已死亡了。五十多年前。

「嗯，或許也能作如此解釋，但我並不覺得自己是幽靈。我可不像幽靈會咻——地冒出來嚇人，也有腳，還維持著生前的模樣。而且我也不怨恨你們。所謂的幽靈不是都會喊著『我好恨啊』嗎？」

「是……是的。」平太郎回答。

「我可不會說那種話。我只是有人呼喚就出來露個臉。我沒有實體，只是個概念。呼應你們的記憶，讓你們能看見我罷了。幸好各位都見識廣博，知道我的容貌，才能清楚看見我。換作是不學無術的傢伙，恐怕只能看見一團模糊吧。」

「和呼子一樣……」香川嘟囔。

「對喔，原來如此！」

荒俣一步向前自我介紹。幽靈——西村真琴也點頭致意。

「那麼……呼喚我有何貴幹呢？看各位愁雲慘霧的，是否碰上什麼困難？世界變和平了嗎？全世界不幸的孤兒都得救了嗎？」

「很遺憾地……」

「這太糟了。」西村真琴皺眉。

「我們現在被暴徒包圍。這間房子保管了寶貴的文物資料，暴徒想連同我們破壞這一切。」

「所以你們才會固守在此，反而被逼進死胡同了。」

「是的。」

「那麼……現在狀況如何？面臨斷糧危機了嗎？」

「不，再過數十分鐘，敵人就會施放毒氣……」

「毒氣？又不是奧斯威辛集中營，究竟是哪個國家做出如此非人道的攻擊？」

「是我們的同胞。」

「什麼！日本人竟然做出這種事！愈聽愈覺得糟糕啊。」西村垂下嘴角說：「原來如此……好吧，既然如此，荒俣，你們就用這個突破重圍吧。」

西村敲敲學天則。

「學……學天則嗎？用這個怎麼突破？」

「別急，我造這個經過多久了？」

「八十幾年……應該接近九十年吧。」

「保存得真好。我聽說它在德國壞掉了，沒想到還完好如初。」

「是的，多虧有心人妥善保養。」

「那麼應該沒問題吧。有九十年了是嗎？既然如此，四捨五入當成有百年歷史也沒問題吧。」

「可是……這又如何呢？」

「虧你還是個博學多聞之士呢，荒俁。器物若被妥善保管上百年的話，即能顯現靈威。這尊學天則也是器物沒錯吧？」

「付……付喪神！」

「沒錯。聽好，你們很愛講理論，這樣當然很好，但是啊……」西村指著自己的頭部說：「裝在腦袋裡的東西更自由呢，是真正的自由自在呢。總之先接受我能像現在這樣和你們對話的現實吧。亦即，像我這種事物現在正『溢漏』到現實之中。」

「溢漏……」

到現實之中。

西村的說法呼應了荒俁研究呼子所得出的結論。腦中的訊息受到某種影響而被竄改，而這些竄改過的訊息也覆寫了數位資料。

「先接受現實就是如此，然後好好運用吧。荒俁，你聽好，人類在尚未解開天理自然的道理的古代，就懂得利用自然界現象來過生活了。」

「啊！」

「太古的人類即便不明白事物的基本原理也能應用它們。即便不明白東西為何會燃燒一樣能點燃火把。即便不明白燃燒的原理，也不會認為燃燒現象很不可思議。既然明白東西能夠燃燒，就拿來當成熱源或光源吧。人類一向如此。道理等事後再來分析即可，重點在於運用方法啊，荒俣。而且，不這樣反而不行。如果先講究理論的話，就會做出不明白用了會造成何種後果的可怕事物。人類就是這樣才會做出原子彈這種沒有必要存在於世間的事物。不能讓科學失去控制。」西村語重心長地說：「為了研究而研究有時很危險。因為不合道理，就否定已存在的現實更是愚蠢。明明是現實先存在，為了理解其道理才需要研究。總之先接受現實吧。然後，妥善運用一切所能運用的事物吧。」

「您的寶貴教誨，我會銘記在心……」

荒俣低頭，低聲說：「學天則的付喪神啊……」

「學天則的付喪神。」呼子重複了一次。

同時，告曉鳥「嘎」地叫了起來。

聽見聲音，荒俣抬起頭來，發現學天則手上的靈感燈正在發光。

「哎……哎呀！」

平太郎一瞬間以為荒俣會像水木大師的漫畫中以他的形象塑造的角色一樣喊出「哎呀這可真是」這句口頭禪。

但荒俣喊到一半突然停止。

因為學天則……站起來了。

「有……有腳？」

原本學天則並沒有腳，胸部以下是巨大箱型底座。但現在在那底座之下卻長出健壯腳部。也有腰部。在別人眼裡長怎樣並不清楚，但平太郎在眼中，那個腳看起來是金屬製的。金屬製的東西能像那樣彎曲嗎？平太郎並不清楚，不過關節部分能見到還挺有模有樣的驅動零件，質感也很金屬……和臉一樣，都是金色的。給一種七〇年代後半流行的超合金機器人玩具的印象。不，更大型一點，應該較接近《鐵人28號》的鐵皮玩具吧。

「西……西村博士，這是怎麼回事！」

「哈哈哈，別慌張，這沒什麼好吃驚的吧？荒俣。回憶起來吧。」

「回憶起來？」

「不是有一幅鬼怪繪卷嗎？」

「啊啊，原來如此！」山田老先生說：「荒俣老師，器物成精後不都會長出手腳和臉嗎？百鬼夜行繪卷中的鬼怪都被補上不足之處，模擬成人或野獸的模樣。擬人化正是付喪神的基本概念吶。」

「可……可是，這簡直像……」

簡直像是——

特攝電影。學天則變得愈來愈巨大，成為勇猛的機器人。

已經高大到會卡到天花板。平太郎在動畫或特攝片以外，第一次看見能夠巨大化的東西。

不，就算在動畫或特攝片中，機器人也鮮少會巨大化。就平太郎所知，能變大的機器人頂多只有《哥吉拉》電影裡登場的噴射傑格而已。這麼冷門的角色，恐怕只有特攝迷才知道吧。

——好厲害。

太帥氣了。學天則根本就是現實中的《環太平洋》嘛。

這架黃金戰士雖然造型帥氣度遠遠不及超級機器人，但看起來粗獷而強悍，靜靜地蹲踞於該處。高度遠超乎天花板，少說有五公尺以上。上半身的裝甲也變得非常厚實雄偉。風貌有點類似《黃金戰士》，不過這個比喻恐怕又更冷門了。

「這是……」

「它就是人類理性感性融合與世界文化融合的象徵，和平的守護者——學天則啊。」

呃，真要說的話，應該改名為超級學天則或無敵學天則，再不然就學天則巨神或學天則RX之類比較好吧？

「用……用這個……」

「是的，用它驅散暴徒吧。」西村真琴說：「雖然它並非設計用來戰鬥，所以沒有武器，也毫無殺傷能力，但可是非常強悍的喔。就算不能傷害暴徒，至少能將他們撥開，就像替偉人們開道的先驅者一樣。」

「可……可是……這個……」

荒俁還想說什麼，西村真琴卻不知不覺間已不見蹤影。不是咻地消失，彷彿從一開始就不存在一般——事實上也真的不存在吧。但是巨人學天則仍傲然存在於平太郎等人的眼前。它還存在著。是的，存在著。

「該怎麼操縱？」

「應該能搭乘上去吧。」

平太郎篤定地說。

「哪裡能搭乘？」

「一定能搭乘。因為這是依照我的觀點變化的。我是個御宅族，雖然對機器人動畫不算熟悉——在我這個世代，機器人大多是搭乘型的戰鬥機器人。不是像《鐵人28號》那種遙控型，也不像具有人格的《原子小金剛》。這架學天則比起《機動戰士鋼彈》的MS，更接近《機動警察》的通用多足步行工程機械，或者《機龍警察》中的機龍兵，因此……我敢篤定就是如此。」

「啊？你說的意思我不是很懂……話說回來，這不是機器人而是付喪神，本身應該擁有意志吧？」

「我的意思就是——就算有意志。這個應該很類似《攻殼機動隊》的塔奇克馬或虎奇克馬那種吧。那個有搭載AI，但也是戰車，能讓人搭乘。」

註39：指前谷惟光自1955年起連載的漫畫《機械三等兵》。

「你舉的例子完全不懂。」湯本說：「我頂多聽過鋼彈。」

「在下沒半個聽得懂的。說起機器人不就是三等兵（註39）嗎？」山田老先生說。

「……也許平太郎的推測才是正確的。」香川說。

「慢著慢著，這個再怎樣也沒辦法讓五個人都搭進去吧？」

「當然。從大小看來，乘員應該只有一名……我好歹也算個機器人迷啊。」

「這樣啊。可是這樣還不是沒辦法打破這個僵局？」

「不──」

香川手貼著下巴，沉思半晌，說：

「運用得宜的話，或許能殺開一條活路吧。繼續留在裡頭的話，被殺死的可能性依然很高……離開的話，我們原本認為敵方人多勢眾所以沒有生路，但現在我們擁有這個──」

「請叫它學天則巨神。」平太郎說。看來很中意這個名字。

「好吧。既然我們現在擁有巨神，就有本錢和暴徒對抗。即使不能攻擊，至少能防禦。必死無疑的機率將會大幅減少。此外……」

香川眼睛望向呼子。

和她大眼瞪小眼。

「怎麼了？香川老弟。」

「……這個呼子，基本上只會複誦別人話語對吧？」

「嗯。極少數的情況下會主動發言，不過基本上只會重複附近的人所發出的言語而已。」

「我想也是。」

香川把臉更靠近呼子，歪著頭。

湯本和山田老先生神情緊張地望著他。

「啊，荒俣老師！」

突然，香川喊叫了。

「我明白了。」

「明白什麼？有什麼靈感嗎？」

「在這個危機之中，終於解開了呼子的謎嗎？」

「不，不是的。箇中道理我依然不明白，但我想我明白用法了。」

「什麼意思？」

「就如西村博士所說的啊。雖然不懂為何能看見她，但是我想……我明白如何使用呼子了！」

「你是說……用法？」

「是的。這個呼子如同她的名字，是用來『呼叫』的。她可以從概念的彼岸呼喚事物來此。這就是能讓人的想法溢漏出來——能讓概念實體化的裝置。」

「實體化？」

「荒俣老師，您剛才喊了西村博士的名字對吧？」

「是的。」

「呼子也複誦了對吧？」

「複誦了……啊，原來如此。」

「所以西村博士才會被召喚前來啊。」

「原來如此！」

「是的。雖然原理為何我不明白，只要對呼子呼叫，呼子就能替我們從某處召喚事物來此。那個某處是何方我也不明白，總之能讓照理說不存在的事物可視化。這個學天則的付喪神也是如此。在荒俣老師說出口後它就顯現了。沒錯，只要我的猜想正確——我們的勝算又更提高了喔，各位。」

「真的嗎？」

「而且是大有勝算。總之——」

「只要呼叫就對了。」湯本說。

「是的。只要呼叫，就能使事物化為實體。只要實體化，不管形狀或細部是否相同，都能讓外頭的傢伙們看見。因此使之可視化就對了。如此一來就更能擾亂暴徒們，讓我們在YAT抵達前大剌剌地從門口離開。」

「可……可是真的沒問題嗎？」

「放心，現在這個世界變得什麼事都能發生，我相信一定可以的。畢竟連鬼怪都能召喚了啊。」

「但是香川老弟，這間房子裡的文物該怎麼辦？」

「關於這點請不必擔心……就讓它們用『自己的腳』離開吧。」香川說。

拾漆

妖怪迷屯駐於靈峰山麓

「久禮仔，真的沒方法嗎？」村上健司說：「就像拯救我們那樣也衝進去嘛。否則這樣下去荒俣先生他們就死定了。」

「不可能的啦。」久禮旦雄臉頰漲紅地說：「我們又沒有武器。」

「明明就有。」

「那只是催淚彈跟平底鍋，催淚彈已經用完了。就算配備了迷彩服和防毒面具，也沒辦法對抗為數眾多的暴徒。更何況我也不是遊騎兵，而是學者啊。」

「你不是自稱解放戰線？」

「我們是解放聯盟，不戰鬥的。不，雖然會戰鬥，但和軍隊不能比啦。」

現在地點是富士山山麓某別墅地帶之一角。

全日本妖怪推進委員會在神保町薩摩料理店被拯救出來後，首先逃往埼玉方向。一行人在該處和幾名潛伏的怪異解放聯盟成員會合。只不過，他們在關東的活動據點其實僅是一般商務旅館，不適合安頓一大批人，加上薩摩料理店的事，繼續留在這裡不僅有被通風報信的可能性，說不定早就被跟蹤了，因此一行人捨棄原本搭乘的車輛，各自分散移動。

附帶一提，雷歐直到此一階段才總算從捆綁去骨火腿的狀態中完全解放開來。救出時只有割斷他腳上的繩索，之後完全沒人理他。

下個去處很快就決定了。

目的地就是這裡——位於富士山麓森林裡，有零星建築物散落分布的別墅地帶。水木大師以前在此買了棟別墅。

說是以前，其實現在那棟別墅仍在他名下。

不過這群人當然不可能大張旗鼓地闖進水木大師的別墅。

那裡不是避難所也不是市民會館，再怎麼寬廣的別墅，要收容這一大票人有困難。然而，在這個別墅區——或說這整片森林成為妖怪相關人士們的祕密緊急避難場所的消息傳出去後，水木大師名下別墅附近的房子紛紛人去樓空。反正別墅本來就經常空著，有些別墅一年恐怕還住不到幾天呢。

換句話說，這一帶的房子幾乎都成了空屋狀態。這裡所謂的空屋，是指屋主放棄所有權的意思。有的賣掉了，有的正在拍賣，有人不聞不問，也有人乾脆棄置，總之現在沒有人願意來此。

因為這裡會冒出來。

不是熊，也不是變態。不用說，當然是妖怪。

雷歐不清楚到底出現了什麼，只聽說是和火有關的鬼怪。森林裡有各種妖異火光閃爍著。有鬼火、狐火、怪火、釣瓶火，以及其他雷歐叫不出名字的火妖怪。遠遠望去即可看見，因此沒人想靠近。既然不敢靠近，乾脆賣掉或讓渡或放棄，結果現在這片別墅區完全變成了所謂的鬼城——論規模或許難以稱為城——的模樣。

但在這個別墅區中，唯有一名屋主完全不在意。不只不在意，甚至是喜歡。

那就是水木大師。

面對鬼火現象，他只輕描淡寫地說：「我說你啊，每天晚上有詭異的火光亮起，這不是挺好的？」

社會對妖怪的抨擊力道愈來愈強，莫名其妙的採訪或訪談，以及根本搞錯對象的抱怨與抗議也增加了，大師於是離開都會，來到這間別墅避避風頭。

這倒不奇怪。因為說起妖怪就聯想到水木，說起水木就聯想到妖怪，全世界都認同他是妖怪界的總教主。而這樣的大師，對於現在世間的風氣自然不會感到愉快。

雖說如此，他老人家畢竟是位大師，即使舉國充塞著排妖風氣，在檯面上依舊沒人敢針對水木茂個人進行攻擊。就連主張撲滅妖怪的激進派，也不敢將矛頭對準水木大師。在這個光喃喃自語說妖怪沒有錯就會被人帶走的社會，大師卻彷彿吃了無敵星星一般，沒人敢動他一根寒毛。明明他彷彿作為人類仇敵的妖怪界的大頭目，但社會大眾對他身為一名偉大的漫畫家、一名德高望重的人士的崇敬還是略勝一籌。

這恐怕是人望的差別，或者說是輕重之分吧，大師和一般小輩的位格就是不同。他不可能像雷歐一樣被人當成去骨火腿般五花大綁起來，差點被送進火爐烘烤。

即便如此，大師也不會看人臉色，唯唯諾諾或撒謊敷衍，就算在公開場合被問問題，他只會照自己的原則發言，如此一來難免被斷章取義，引來熱議。俗話說「無火不生煙」，但在這個拚命把油倒進小小火苗，使之燃燒殆盡的年頭，小心謹慎總是比較好的。

於是，水木大師來到富士山麓隱居了。

就這樣，這片規模不算小、有零星別墅散布的森林幾乎成了水木大師的私人森林。雖然雷歐不確定是否有這種說法，他是從私人海灘聯想到的。

然後。

雖然這個世間變成這樣，倒也不是沒有人和水木大師想法相近。縱使鬼怪愛好者被世人當作賣國賊、非國民、非人哉、凶惡罪犯、黴菌、毒物、穢物、垃圾……看待，畢竟還是存在著。即便有許多人人改變初衷，迎合世間風潮，仍有人仍堅持著。只是，這些人當然已難以正常過生活。

於是他們買下或承租這些空無一人的別墅。

最初購屋的是某知名漫畫家。

當然，是畫過妖怪漫畫的人。

聽說成交價格十分低廉。彷彿只要有人肯收，不惜跳樓大拍賣也要賣掉般地。也許是想盡可能和妖怪斷絕關係吧。

不久——此一消息在同好之間一傳十，十傳百，常畫鬼怪類漫畫的漫畫家紛紛移居來此。不只漫畫家，小說家、遊戲創作者、畫家或插畫家、影像作家或演員、藝人等等，只要是對鬼怪有認同感的，換句話說，也是現在在日本這個國家難以過正常生活的人們成群結隊——但毫不張揚地移居而來。

富士山麓的這塊角落現已成為日本這個國家中唯一的鬼怪解放區。只不過沒解放的地方照樣繼續冒出妖怪，正確說來其實是鬼怪擁護派的解放區。

是哪些人姑且不說，總之曾畫某些敏感題材的人們都相偕來到這片森林隱居，可見在這世道下真的難以生活吧。

雷歐等全日本妖怪推進委員會和亞洲怪異解放聯盟的成員們也選擇此地為避難場所。

在水木山莊隔壁第二間和第三間別墅空著，這群人暫且在此棲身。

時間已是從薩摩料理店逃難而來的三天後。

其他人是購買或承租別墅，雷歐一行人則算是一種違法行為。不，這樣講太含蓄了，完全是非法入侵、非法佔據，但現在情況緊急，就不拘小節了。被警察逮捕反而還比較安全，被銬上手銬也強過被人全身捆綁。來到這裡之後，雷歐總算稍微寬心了點，但並非所有人都能寬心。

杉並的荒俣祕密研究所仍受到暴徒包圍。

「喂喂，政府好像說要派出什麼耶。這下子真的死定啦！奇怪，多田仔人呢？」

專心看電視的村上轉頭確認，及川回答：

「他剛才和木場一起去水木老師那裡吃肉了。」

「肉？」

「嗯。剛才悅子小姐不是說要烤肉，還問我們要不要參加嗎？」

「是喔？完全沒發現。什麼嘛，真是的。」

「對啊，在這種時刻，他們居然還有食欲。」

「我不是這個意思。我是說如果我也聽到的話就跟著去了。不說這個，現在狀況真的很不妙。京極兄呢？也去吃烤肉了？」

「不，京極先生似乎正在和日本推理作家協會派來的密使交涉。」

「密使？什麼意思？」

「密使就是密使啊。對吧，雷歐。」

「啊？」

突然被問，雷歐很困惑。

「是的，尋覓食物。」

「早知道就把這傢伙留在那裡。」村上說。

「差一點就能裝成沒發現他沒上車，真可惜。」久禮也跟著說：「還不都是因為松野小姐察覺了。」

「所……所以久禮先生從一開始就發現我，卻刻意裝不知道嗎？」

「因為你很麻煩。」

「我啊，覺得你這樣有點過分。」

「是有點。」及川說。

「有點而已嗎？分明就很多。」

「只有一點點啦。」

「好了好了。」河上進行無意義的調停：「反正事情都過去了，雷歐先生也沒死。」

「隨便啦，雷歐怎樣都沒差。就算死了也沒差。更重要的是荒俣先生吧。雷歐就算死在那裡也沒人困擾，但荒俣先生萬一有個三長兩短，可說是世界級的損失。而且我聽說湯本先生和香川先生也在裡頭，不想個法子拯救他們不行。喂，雷歐。」村上說。

「不要。」

「我都還沒說呢。」

「村上大哥，你要我去送死吧？」

「因為你自己老是亂講話，大家才會叫你去死。都是你害的，現在大家都以為我講話很惡毒。覺得我這個人怎麼動不動就叫人去死。」

「我也希望村上大哥別這麼說啊。有夢最美，希望相隨。」

「看吧，雷歐先生果然還是去死比較好。」久禮語氣極為平淡地說。

「就是說啊。任何人碰上這傢伙都會有這種感受，所以我才會不慎脫口而出。我絕不是對任何人都毫不猶豫地口出惡言的。喂，雷歐，你去向京極先生報告一下。說再過幾十分鐘政府就要派出特種部隊了。」

「什麼特種部隊？」

「記得叫做ＹＡＴ。」

「喔喔，從海上來的。」

「那是遊艇（yacht）吧？」

「哇呀，居然聽得懂，關鍵字只有海呢。連我自己都猶豫了一下為什麼要這麼說呢。」

「少囉唆，快去啦。」村上說。

「請……請問京極先生人在哪呢？」

「別問我，我也不知道。」

「他在隔壁啦，隔壁。」及川插嘴。

「隔壁？是哪一邊啊？」

「那邊啊，看不出來嗎？」

「呃，說老實話，這裡觸目所及都是樹，連是左是右也分不清，看得我一頭霧水，水來土掩。」

「然後？」

「呃……掩耳盜鈴？」

「滾啦。」雷歐的屁股被戳了一下。

屋子外真的放眼望去全是樹。說是隔壁，其實別墅間也有段距離，並非走個兩步路就能到。房子與房子之間長著茂密樹林，只能從複雜交錯的枝葉縫隙中隱約看見隔壁屋頂。

雖不至於是味噌湯會放到涼了的距離，好歹也足以泡碗泡麵了。假如雷歐是超人力霸王，在他慢慢地走到以前恐怕就得先離開了。雖然用不著變身就能走到。

雷歐基本上是個路痴。能看懂地圖，卻不會辨別東西南北。在他從門前小徑走到前方幹道時，已分不清楚哪邊是哪邊。

說是幹道，其實兩側都是樹，往左或往右的景色都一樣。從這裡也看不見富士山，什麼地標也沒有。

「啊～是樹耶。是樹啊，樹。」

雖然所謂的自言自語大多都沒意義，但要像他這句這麼沒意義也不簡單，可說是無意義之王。

「這裡長了好多樹喔～」

是的，很多樹，但那又如何？

唉，究竟該往哪邊呢？

鄰接道路的部分是樹籬，隔著道路的另一頭則是蒼鬱森林。

正當雷歐在比較左右邊的差異時，赫然發現似田貝正站在左側樹籬的縫隙處，臉頰腫脹彷彿肉包，低頭在玩手機。看來是那邊吧。

雷歐跑過去，對方喊了句「哎呀，是雷歐先生」，連頭也沒抬。

「這裡收不到訊號啊。沒辦法跟老婆聯絡，我擔心得受不了啊。唔呼呼。」

「什麼唔呼呼。對了，京極先生在哪？」

「在那裡。正在會談中。」

「有什麼大人物來訪嗎？」

「有喔。」

「真……真的嗎？」

「有事嗎？」

「村上大哥說荒俣老師大人現在有生命危險，命令我來請京極先生回去商討對策。」

「荒俣先生嗎！這可不得了。」

「話說回來，大人物是誰啊？」

「綾辻行人先生和貫井德郎先生。」

「咿呀！」

的確是不得了的大人物。

「京極先生在前幾天記者會結束後就失蹤了。因為他和我們一起逃難來此。這件事並未公開，但業界人士還是隱約感覺到不太對勁。他一直沒和辦公室及家人聯絡，其他人很擔心他的安危。」

「京極先生沒和其他人聯絡嗎？」

「沒辦法聯絡啊。倘若知道他差點被妖怪撲滅派殺死，好不容易逃到這裡的話，和他同辦公室的大澤先生也會遭到攻擊。」

「原來是這樣。」

「對家人則是說，萬一死了就會聯絡，所以不用擔心。」

「死掉的話怎麼聯絡！」

似田貝咧嘴笑：

「我也不知道。聽說目前活動暫停的推理作家協會歷代理事長舉辦了祕密會議。」

「活……活活……活動暫停了嗎？」

「對，因為推理小說現在被當成不良書刊了。其實不只限於推理小說，只要是娛樂都是敵人呢，敵人。至於會議內容，其實就是想研擬出能打破此一狀況的方法。」

「哇哇，真難懂。」

「不會難懂啊，只要大聲宣傳推理小說和妖怪完全無關，反而是非常知性理性的娛樂，非常莊重而且不亂來即可。」

「宣傳！」

「你如果呱呱叫的話我就揍你喔（註40）。」似田貝說。雷歐的確打算這樣做。嘴唇已經嘛起來了。最近雷歐的耍寶傾向似乎被摸透了。

「說起妖怪自然就會想到京極先生，而前陣子的記者會他也被關注了，所以綾辻和貫井兩位先生想徵詢京極先生對這件事的意見再來調整策略，所以悄悄聯絡了。」

「所以是覓食嗎？」

「什麼覓食？啊，你是說密使。推理作家協會找上貫井先生當密使。但是京極先生失蹤了，而品公長也同樣失聯……」

「浣腸！是郡司大人。」

「才不是什麼浣腸咧，但是是郡司先生沒錯。對方透過角川集團更高層的人物和他聯絡，於是在把這個地點祕密傳達給對方後，貫井先生便祕密前來了。」

「那麼，綾辻老師大人又是？」

「綾辻先生聽到現況後，單純擔心京極先生的安危，所以跟來。」

「哈哈，原來如此啊，像我這種不偉大的人就很難湊一腳了。」

「廢話，但也輪不到你去湊一腳，你只是跑腿的。」

「但這種狀況下連腿也跑不了了。」

「早就聽說你很沒用，看來不是謠言。怎不學習一點店長的厚臉皮啊？就算是軟腳蝦、

註40：日文中「宣傳（appeal）」和「家鴨」發音接近。

是弱雞還是放屁雞都沒關係，事情緊急的話就直接闖進去吧。」

似田貝在小徑上加快腳步。

「不是說荒俣先生生命陷入危機？」

「真的是危機。雖然有些事令人喪氣，但我過得很好（註41）。」

「你很煩耶，果然你早點去死對世界比較好。」

又被數落了。

兩人一起走了一段，見到一間樹林圍繞的雅緻房子。陽台上有一臉嚴肅的郡司，以及一如往常的京極。背對著雷歐他們的那兩人應該就是貫井、綾辻兩位先生吧。

「雖然難以啟齒，咱們協會裡有人說只要把京極兄除名的話就能解決問題。」

這句話似乎來自貫井老師大人。

「但問題明明不在這裡。」

這句話則是綾辻老師大人說的。雷歐已經嚇到縮起脖子。

「評議會認為這麼做反而會造成反效果。」

「評議會是由擔任過理事長職位的那幾位組成的？」

「是的。成員為北方謙三、逢坂剛、大澤在昌、東野圭吾、今野敏五名。議長則是真保裕一先生。」

「要我退會也不是不行，而且其實我也打算這麼做。我們這些妖怪相關人士也讓協會添了不少麻煩。」

「我就知道你會這麼說。」貫井笑了，接著說：「但其實應該相反，請你們擔任擊退妖怪的專家才對啊，京極兄。」

「前些日子的記者會的報導也是基於這個論調。」

「然而我的真正想法並沒有被報導出來。而我也仍是妖怪推進委員會的會員。雖然我同意在這個現況下，當務之急是分析原因並加以改善，但我還是會繼續推廣妖怪文化，所以才差點被殺吧。」

「你沒事吧？」綾辻表示關心。

「被人五花大綁，差點變成烤肉呢，啊哈哈哈哈。」

「這一點也不好笑啊。」

「嗯，假如死了的話確實不好笑，但我還活著，當然要放聲大笑。」

「說是這麼說，你總不會打算一直隱居在這裡吧？」

「就是說啊。」貫井附和：「我們就是來說服你的。」

「要說服我是可以，但你們親自來此很危險啊。這片森林已變成類似反政府游擊隊的基地。話說，不是還有其他理事嗎？怎麼是貫井兄你出馬？因為我們倆都是時代劇迷？」

註41：「危機」和動畫《魔女宅急便》主角「琪琪」同音。這句話引自該作品開頭台詞。

「沒錯，就是如此。」貫井回答：「時代劇現在也很危險。就算沒有這場妖怪騷動，時代劇早就衰退，但現在連舊作也不再播映，影音光碟也不再流通了，比戰爭時期的管制還嚴呢。並非國家出面禁止，而是廠商自我約束，但這更傷腦筋啊。」

「恐怖電影事業也徹底崩盤了。」綾辻嘆氣：「現在光是保有光碟都可能遭到批鬥。就算法令沒禁止，一旦被得知收藏光碟就會受到強烈抗議。」

「再過不久，這股風潮恐怕也會波及到推理界吧。畢竟推理和這些類別本來就只有一線之隔啊。」

「嗯……」

京極在胸前盤起手來。

「……換句話說，兩位是想請京極兄大力宣揚推理是妖怪的對極，是可對抗妖怪的娛樂？」郡司問。

「大致就是這個意思。」貫井回答：「北方兄和大澤兄都很擔心京極兄的安危。東野兄也說只要京極兄肯協助協會的形象戰略，協會會盡全力保護他的安全。」

「唔……」

京極表情變得苦澀。

「這樣風險太大了。」

「對你而言？」

「不，是對協會而言。包庇我的話，反而會把整個協會拖下水。就算不包庇我，協會的處境也已經夠艱難了，不是嗎？」

「不，我們就是判斷有一試的價值才來的。」

「是嗎？」

「協會想宣揚——撼動社會的妖怪騷動與推理小說無關，作為知性娛樂的推理反而是對抗妖怪的利器——這個道理。雖然受到妖怪騷動的影響後，世人開始排擠恐怖作品或怪談，甚至波及到推理或時代劇、動畫，但我們認為若是對妖怪極有研究的京極兄肯挺身而出，截斷妖怪和推理的關係的話，必然能讓世人認同。」

「其實正好相反。」京極說：「事實上是社會突然變得騷然不安，卻找不到理由，才會拿妖怪當作代罪羔羊。即使和妖怪劃清界線，恐怕也無濟於事。」

「說得也是。」貫井苦笑。

「記得小野也說過類似的話。」綾辻說。

小野是指小野不由美老師大人吧。雷歐更緊張了。

「小野猜想妖怪恐怕是為了平衡這種殺氣騰騰的風潮才會湧現的。」

「平衡啊……」

京極陷入沉思。

「此外，她也說了另一件令人在意的事。東京都知事是叫做……仙石原是吧？她說那個人是個反妖怪。」

「反妖怪是什麼意思?」

「與妖怪形成對極的存在。那種人在世間超乎必要地顯現出存在感,為了取得平衡,妖怪才湧現了。我猜她的意思應該是這樣。」

「仙石原知事啊……」

「就……就是那個知知……知事!」

雷歐的緊張感在此刻達到了頂點,似乎再也忍不住地猛然大喊。

「怎麼,這不是雷歐嗎?」郡司不耐煩地說。

「是……是的,我就是雷歐☆若葉!」

「幹嘛啦。有事嗎?沒事就回去啦。」

「啊,綾辻老師大人,貫井老師大人,不……不知兩位是否過得安好,在這個能聽見祭典喧鬧的夏日時節,近日風和日麗。」

「他是誰?怎麼怪怪的?」綾辻問。「真是對不起,請別理他。」郡司回答。

「不不不……不理我不行啊。因為那個知事要派遣遊艇,所以荒俣先生會有生命危險!」

「啊?」

綾辻和貫井兩人一起回頭。雷歐豁出去,繼續說:

「抱……抱歉，我重講一次。都知事說要發動某某法令，說要派遣遊艇襲擊。」

「襲擊荒俣先生的研究所？」

「是的，就是那裡。」

「但遊艇又是什麼意思？」

「應該是指ＹＡＴ吧。」貫井回答：「東京都成立的妖怪殲滅部隊。」

「就是那個！」

「這可不妙。」

郡司吃驚地站了起來。

「聽說那支部隊配備了化學武器。就算是ＮＡＳＡ級的防災牆也無法防禦毒氣。」

「所以村上大哥派我來這裡請教對策。」

「對策啊……這邊有電視嗎？」

「有。」

郡司從陽台走向室內，三人跟在背後，雷歐和似田貝也跟著從大門進入室內。起居間的電視正在即時轉播杉並暴動事件。

轉播現場的女記者滔滔不絕地報導：

『仙石原知事宣布發動特別治安維持條例第五條後經過三十分鐘，自衛隊現已出動，隨時會抵達現場。ＹＡＴ則會搭乘直升機從頂樓進入公寓內部。距離行動時間還剩二十分鐘。』

「只剩二十分鐘。看來無計可施了。」

「不管剩下幾分鐘，我們都無計可施。」

「裡頭有誰？」綾辻問：「聽說那棟公寓不是單純的公寓？」

「那裡是配備強化防災牆的倉庫兼研究所。」

「倉庫？」

「妖怪資料與古物、文化財的倉庫。」

「原來如此。」貫井驚訝地說：「坊間傳聞那裡藏了妖怪生成裝置。」

「某種意義下的確沒錯。但另一層意義下卻又大錯特錯。總之，荒俣先生目前正在那棟公寓裡。」

「真的嗎！這可不得了。」兩名推理作家緊盯著螢幕說。

「政府似乎打算派自衛隊包圍四周，再從頂樓灌入毒氣。聽說殺傷力強大，連圍觀民眾和激進派暴徒都要先驅離。」郡司聲音低沉地說：「這根本是公開處刑。」

「確實如此，原本說來該被逮捕的是襲擊公寓的暴徒啊。」

「荒俣先生……」

郡司瞇細了眼。

在他腦中，與荒俣宏有關的回憶恐怕正如走馬燈般閃爍而過吧。

十三年來舉行的妖怪會議的回憶；被派去潛水捕撈珍奇魚類的回憶；去平凡社向荒俣收取原稿時，明明當著他的面昏倒住院，出院後和他見面時卻被說：「最近都沒看到你，你怎麼了？」的回憶；帶西瓜當伴手禮去見荒俁，明明他手邊沒有湯匙，卻能把剖成兩半的西瓜吃得一乾二淨，這些令郡司深感不可思議的回憶——唉，郡司品公長和荒俁先生之間有太多不足為外人道的歷史。

此外，他也回憶起荒俁宏的種種傳說。例如無法洗澡的時候直接跳進沙堆裡打滾、有段時期啥都不吃只吃鯛魚燒……林林總總，不勝枚舉。這些荒俁傳奇雖然怎麼聽都像編造故事，卻泰半都是事實。

不對，現在不該提這些瑣事。荒俁宏的成就也是難以勝數。如果沒有荒俁宏這號人物，日本的奇幻、恐怖文學肯定沒辦法有今日榮景吧。縱使雷歐是笨蛋也明白這點。

郡司心中肯定五味雜陳吧。京極也一定一樣。

就算他不是那麼偉大的人，就算和他沒有深入交流，單純只是個熟人，看到電視即時轉播他被公開處刑也一定感慨萬千，這種事不應該發生的。

「京極兄，這該怎麼辦？」

綾辻問。

「我無計可施。就算有，遠水救不了近火，只能靜觀其變。」

「咿呀！」雷歐尖叫。

畫面中有一團疑似機動隊的武裝分子和持續進行攻擊的暴徒——NJM進行對抗，也許想架起路障。警方警告危險的廣播聲與「淨化！淨化！」呼喊聲此起彼落。

「真是一場鬧劇。明明雙方的目的都一樣。」

「的確……」

「慢著。」京極發現異常，說：「你們看門口。防災牆似乎在動。好像正在緩緩升起……荒俣先生考慮投降了嗎？」

「投降？不過……假如暴徒被逼退後，他們走出來應該不至於被施暴。機動隊也不可能在眾目睽睽之下這麼做吧。」

「前提是暴徒肯退後的話。」

「看起來一步也不退讓呢。」貫井說。

的確，完全沒有退後。甚至還前仆後繼地向前衝。

NJM一確認防災牆開始上升，立刻推開機動隊，彷彿見到砂糖的螞蟻大軍般群聚在門旁。機動隊……看似毫無制止他們的意圖。

「總比被毒氣殺死好。」

「一點也不好，這根本是默認集團凌遲吧。」

「咦？」

突然間，在場所有人啞口無聲。

「啊……」

雷歐雖不明白發生了什麼事，但也沉默了。

「手？」

「有點像……不對，不可能是手。」

「不，看起來很像手。應該是手吧？」

「手是什麼？」

搞不清楚狀況的雷歐問似田貝。

「剛才鏡頭似乎有照到某物一瞬間冒了出來。」

「一瞬？」

人群太多，什麼也看不清。鏡頭又回到主播台。

『那是什麼？似乎有什麼東西出現。』

『現場的北紋別小姐，剛剛那是什麼？』

『這裡是現場。剛才的確有東西從門縫伸出，從我的位置無法看清楚。鐵捲門升起，玻璃大門被推開，然後有金色……疑似金色物體伸出。』

「金色？」

『啊，鐵捲門……疑似鐵捲門的地方完全升起，那個……那是什麼？』

玻璃門打開，兩根條狀物體伸出。

「看起來很像……手臂，但未免太巨大了吧？」

「手裡好像還拿著什麼。那是啥？鳥的羽毛？」

「應該是……筆。」

京極說。

「筆？羽毛筆？」

「沒錯。那是……」

「學……學天則嗎！」郡司大喊。

「學天則是那個……在《帝都物語》裡登場的機器人？有那麼巨大嗎？」

「不，我想沒那麼巨大……」

「呃，不，應該就是它。」

一張金色臉龐由門裡探出，是戴著月桂冠的巨大人臉。

『那是什麼？好像是……人臉。是妖……妖怪嗎？有巨……巨大妖怪出現了！』

「並不是妖怪，那是機器人。」

「慢著，原始的學天則能像那樣行動嗎？」

「不行，只能寫字而已……」

現場狀況一片混亂。

黃金巨人探出頭來，直接穿過大門——明明它的身軀怎麼看都比門巨大得多——緩緩站了起來。

『是巨人。不，更像巨大機器人。長達五公尺，不對，恐怕更大。一架巨大機器人從公寓中出現了。』

現場記者的聲音在此中斷。

她似乎被倉皇逃離的人潮衝散。畫面劇烈晃動，完全看不清現場情況。

「這是怎麼回事？」

郡司傻眼回頭問。

「抱歉，你們妖怪界人士真的在開發那種祕密武器啊？」

對於綾辻的疑問，京極也一臉狐疑地歪起頭，陰沉地回答：

「若有那種資金和技術，我們早就去過更好的生活了。」

「但那是人造物吧？所以真的是能以雙腳步行的人型巨大機器人？」

「不，應該不是。我想並非那種尖端科技的結晶，而是更愚蠢的事物。」

「愚蠢？」

「鬼怪關係人士不可能擁有這類高科技。」

「所以那是集體幻覺？類似全像投影？可是攝影機能拍下來啊。」

「啊，畫面切換了！」

貫井大喊。所有人一起望向電視。

轉播切換為空拍畫面。

『緊急狀況。從疑似妖怪巢穴的公寓中走出金色的……疑似機器人的物體。這究竟是怎麼回事？』

『機器人太不合理了。以現在技術雖能造出二足步行機器人，但如此巨大的尺寸……看似有四樓高呢。至少有十公尺。以現代技術絕不可能建造出這種尺寸的機器人。現實並不是特攝電影啊。』

『啊，方才接獲觀眾提供的資料。據說那是於昭和三年製造——名為學天則的機器人。您聽說過嗎？』

『學天則？細節不怎麼清楚，但我記得那個尺寸小得多，也無法步行才對。』

『嗯嗯……啊，採訪直升機似乎接近巨大機器人了。哎呀，上頭有人。似乎是載人型機器人。由畫面無法判斷搭乘者的長相。』

「是荒俣先生……」郡司茫然地說：「那個體型一看就知道，是荒俣先生。」

「荒俣先生在操縱嗎？操縱機器人？」

「是他沒錯。他就坐在頭上。那個人絕對是荒俣先生。現在到底是什麼狀況？他何時造了那種東西？」

「所以荒俣老師大人也會喊『學……學天則ＧＯ！指……指揮艇組合！』嗎？靠這樣來控制那架機器人嗎？」

「哪有可能啊。」京極瞪著雷歐說。

「但是真的在動耶。撥開人群，一路向前了耶。」

太厲害了。

雷歐從未看過如此具臨場感、如此寫實的特攝電影。

雖說這本來就不是電影而是現實，自然很有真實感。

「但荒俁先生打算怎麼做？自衛隊都包圍這裡了……」

「自衛隊這次單純只為了支援ＹＡＴ才出動，並沒有配備重型武器，也沒派出坦克。因此這招應該有用。」

「真的有用嗎？如此顯眼，要去哪裡根本被看得一清二楚，逃也逃不掉吧。」

「不……」

京極眉頭深鎖。

「其實這個……『實際上並沒有如此巨大』。」

「咦？」

「而且雖然沒人提起——請看那片人牆。從空拍畫面不好判斷，不過從公寓裡離開的不只有學天則，對吧？」

仔細一看，人群之中到處形成條狀縫隙，隱約可見有物體沿著縫隙在移動。

「那是……什麼？」

「看起來很像箱子。」

「應該就是箱子。我曾見過一次。那是收納我剛才說的妖怪文化財的桐木箱。」

「咦？所以是那間倉庫的收藏品？但他們又是怎麼搬運出來的？裝在拖車上，讓學天則拖著走嗎？」

「不可能吧？」貫井苦笑說：「那種方式太不切實際。走不了幾公尺就會被暴徒砸碎。」

「可是……」

箱子看起來的確排成一列跟在學天則後面。

「不只箱子，仔細看還有某些貌似飾品的物體在飄動。」

「真的耶，很像在飛行。」

「那恐怕是付喪神吧。」京極說。

「啊？」

「我猜是箱子自行移動。箱子底下應該有長腳。沒收納在箱子裡的文物則自行飛行或走路離開。換話說，那些都是器物化成的妖怪。」

「哪有這麼蠢的事。」一臉不敢置信地喊出聲來的並非綾辻或貫井，而是郡司。

「這太扯了吧？」

「事到如今你怎麼還這麼說呢？郡司兄。這世界早就變得如此愚蠢了。」

「可是京極兄，你前幾天不是才剛分析過，目前出現的妖怪無法直接以物理方式對人進行作用。物理作用是事後的主觀解釋，頂多能影響人的心靈，使他們跌倒或發生意外而已。」

「但也有妖怪並非如此。」

「並非如此？」

「例如及川遇見的死神。他和及川有對話，能溝通想法，也會主動發言。」

「那不是及川腦內的反應而已嗎？那傢伙本來就有幻想癖。況且多田仔碰到的一目小僧不也說話了？」

「那句話是傳統故事裡的發言，算是那種鬼怪的屬性之一。更重要的應該是……呼子吧。」京極說：「雖然每個人看她的模樣不盡相同，但她的確會自發性地開口，而且也不是只有一個人聽到。」

「是如此沒錯。」

「荒俣先生手上應該有那顆呼子石。」

「所以這是那顆石頭帶來的效果？」

「樹海這裡應該收不到手機訊號，但有市話對吧？能打電話給那個叫平太郎的打工青年嗎？我想他應該也趁著這場混亂逃離了。」

「岡田，撥個電話給平太郎。」郡司喊道。

不久，岡田瞪大雙眼地從隔壁房間跑了出來。

「據說叫學……學天則巨神。」

「啊？」

「而這場遊行也不是百……百鬼夜行，而是叫百鬼黃昏行。然後他們想請求緊急救援……」

「救援？救援是什麼意思？」

郡司皺眉問。他臉龐圓潤，但眼神銳利，不，是非常凶惡，因此很可怕。看在雷歐眼裡，更像是在恫嚇。但岡田似乎習慣了，不為所動地回答：

「呃，平太郎說希望我們能派卡車或貨櫃，總之能搬運貨物的車子去現場附近。此外還需要能幫忙肉體勞動的人手。另外，若是能辦到的話，派運輸直升機他們會很開心。」

「為啥會變這樣？」郡司表情更凶惡地說：「他們不是差點被殺嗎？接著又有那些奇妙的東西冒出來。而且荒俣先生搭乘在上面，後面有箱子一路跟隨。你自己看——」

郡司指著電視。

畫面正映出巨大金色機器人在大樓之間悠然漫步的空拍影像。

「……如此瘋狂的狀況，為何要派卡車過去？」

岡田苦笑說。

「說是想把公寓內的文物運到安全的地方。」

「可是那些文物明明都長腳跑掉了啊，你自己看。」

沒錯，箱子或繪卷都自己離開了。當然，是在畫面之中看起來如此。暴徒們保持一定距離包圍妖怪隊列，跟著一起移動。機動隊想介入中間逼退暴徒，兩者僵持不讓。圍觀群眾則彷彿馬拉松路跑的加油團般排列在道路兩端。

「要派卡車到那群人之中？我們會被殺死，而且也辦不到。道路被封鎖，難道要直接衝破人牆嗎？」

「所以才說要直升機吧？」似田貝說。

「不，直升機也不可能。沒辦法著陸吧？」

貫井說。的確如此。

「不是會飛嗎？」綾辻說：「現在這個世界似乎變得任何事都可能發生，物理法則彷彿已經不存在一樣。實際上不也有文物在飛嗎？」

「只要那些文物都自己飛走就能解決了。」

「沒錯。」

「不，其實……」

岡田不知該如何說明才好。不是岡田的錯，是講得過於籠統的平太郎不好。雷歐想：這次不是我害的喔。京極站起來，說了聲「換我接聽」，接過話筒。

一臉遺憾地看著彷彿特攝動作片的現場轉播影像，郡司嘟囔：

「這狀況該怎麼收拾啊？這實在不像荒俣先生會做出的行動。那架機器人能戰鬥嗎？不，就算能戰鬥，若不殲滅YAT或自衛隊也沒活命的機會啊。」

「那是不可能的。」綾辻回答：「操縱室暴露在外，雖不清楚那架機器人有什麼武器，一旦開始交戰，荒俣先生遭到狙擊就死定了。」

「那個說不定還有防彈的功能，雖然看不出來。反正這一切早就已經沒辦法用常識判斷了。」

「A……AT力場嗎！」

聽貫井這麼說，雷歐不禁喊出聲來。

其他人立刻瞪他一眼。

但他這次明明沒說錯。

「呃，不然是……」

「沒必要硬講啦。」似田貝制止他。

「不，以上皆非。」京極忽然開口。

「啊？」

「因為他們並沒有移動。」

「啊？」

「所有文物都沒動，那只是荒俣先生單獨在走路罷了。」

「咦？」

「情況看似嚴重，其實只是防災牆升起，荒俣宏從門口出來，悠然地離開罷了。我們，或者說現場觀眾所看到的……其實是付喪神。」

「那是……付喪神嗎？」

「是學天則的付喪神。平太郎將之命名為『學天則巨神』……和其他妖怪一樣，並非物理性的存在。」

「但電視即時拍下畫面了啊。」

「不，這些湧現的妖怪……會竄改視覺訊息。」

「竄改？」

「我不知道在現場的人們眼裡如何……」

這時，京極請似田貝切換其他電視頻道。似田貝不知為何一瞬露出宛如鼓脹包子的表情後，按下遙控器。到底想表達什麼意思？

「其他電視台也一樣吧？」

「不……應該有些不同。」

「怎麼可能？不是都……啊，真的不一樣。」

當然，電視台不同的話，拍攝的角度也不同，因此本來就不可能映出相同畫面。既然構圖不同，會帶來不同印象很正常。不過既然被拍攝者相同，所拍攝到的畫面照理說來也大同小異才是，然而……

「怪了，看起來居然不一樣。」綾辻說。

「雖然說不上來哪裡不同。」

「啊……這家電視台的駕駛艙有座艙罩。」

郡司茫然地嘟囔。

學天則巨神的頭上，有《無敵鐵金剛》風格的駕駛艙。

「果然是指揮艇組合！」

雷歐這句明明沒亂講的發言又被漠視了。郡司從似田貝手中搶走遙控器，換了另一個頻道。

「啊~不一樣！學天則的臉部模樣不同。」

「不一樣嗎？」

「剛才的電視台是初代尺寸修改復刻版，這台是電影帝都物語版的臉。」

「京極兄，你真的淨記這些瑣碎的知識耶。」貫井傻眼地說。

「啊，又不一樣了。」

郡司變成不停轉台的老人家，一台接一台地改變頻道，不斷發出驚呼。

「NHK的畫面和原始版最接近！所以說……」

「看吧。和朧車一樣，會隨攝影者的知識變化。不對，這是即時轉播，所以應該是隨導播變化吧。總之，播放出來的是攝影者的腦中影像。作為主體的攝影者的視覺資料竄改了數位資料。」

「所以也有人看見真相嗎？」

貫井問。

「現場的話，或許吧。只是電視上放映出來的已是被竄改過的資料。以電視播映來說，我們無從得知是在何時被竄改，但被竄改過的數位資訊會直接播映出來或保存下來，因此只能透過這些影像明白現場狀況的我們，無法明白實際上的真實面貌。」

「也就是說，只看電視的人無從得知真相。」

「嗯，無從得知。事實上，雖然現在各電視台的影像不大相同，但會逐漸往相同方向變化。現階段製作人還不會去仔細確認其他電視台的影像，但不久後就會發現的。」

「微妙的差異會被逐漸統合起來？」

「是的。人們對於自己所見事物有毫不保留地相信的傾向，但另一方面，對於對象卻又不會從頭到尾仔細確認。舉例來說，明明沒看到圖像，光是聽別人說有駕駛艙，就自然產生了有駕駛艙的印象。即使原本並沒看到有駕駛艙，只要有人提出一些客觀證據證明有，就會以為是自己沒注意到，之後就能看見了。還有，假如不曾公開宣稱自己沒看到的話，原本認為沒看到的記憶會被修改，反而會自我說服自己其實有看到。腦就是這樣騙人的。」京極說。

雷歐想，這番話聽起來根本和他在其他出版社出版的某系列小說內容一樣嘛。

「若非如此的情況——例如較相信自己親眼所見之事，某種意義下算是較為傲慢類型的人，甚至會說出原本不存在的駕駛艙突然出現了，或者只有自己看不到駕駛艙，或者只有自己能看到駕駛艙等等不合理的事。對這樣的人而言，事情就顯得很不可思議。」

「然而這世上並沒有不可思議的事，對吧？」綾辻說。

雖然他不是在調侃京極，卻隱約覺得眼角和嘴角帶著笑意。

「沒錯。」

「不過，明明看到有如此多不可思議的事發生，京極兄也不動搖，某種意義下還真了不起呢。」

「若是抱著不接受已發生的事實的狹隘態度，或抱著不肯承認自己知識和理解力不足的傲慢的話，自然會認為不可思議。但只要堅持『不知道的事就是不知道』，自然沒什麼好不可思議的。雖然妖怪迷大多是笨蛋，碰見異乎尋常的事頂多感到吃驚，不會特別覺得不可思議。」

「你們會自然而然地接受。」綾辻微笑地說。

「接受它，並享受它。不管悲傷或痛苦，妖怪迷們都會接受，並付之一笑。這就是我們的基本態度，所以全是一群笨蛋。」

「啊，真的出現駕駛艙了。原本沒有駕駛艙的電視台，現在播映的畫面裡也有駕駛艙了。雖然形狀不太一樣。」

貫井繼續確認各電視台的影像。

「原來這些真的都是腦中的影像……」

「所以說……」郡司面向京極問：「現正播映的影像也被會被修正嗎？已播出的影像也會被回溯竄改嗎？」

「不，已被紀錄的資料似乎無法更動。畢竟會被竄改的是變成數位資料前的階段，不管是硬碟或其他儲存媒體，一旦儲存了就沒無法改變。類比式儲存媒體則會因劣化而無法儲存這類紀錄。若是腦內的影像，就能輕鬆地回溯過往，進行修正。」

「嗯……」郡司在胸口前盤起手來，說：「所以結論就是，巨大機器人根本不存在？」

「是的。」

「那只是漫步而行的荒俣先生？」

「是的。」

「嗯……」郡司再次悶哼起來。

「駕駛艙裡的荒俣先生的動作和學天則巨神的動作同步，並不是因為那是動作連動型的機器人，而是因為那是荒俣先生自己的動作啊。」京極說。簡單說來，和動作捕捉（motion capture）是一樣道理。

不是《環太平洋》，也不是《宇宙超人ＡＣＥ》。

「原來是這樣……換個觀點，這架巨大機器人也可說是荒俁變成的妖怪吧？」綾辻說：「詳情我並不熟悉，但感覺上和狸貓能變化成巨大和尚，也能變成茶室的道理相同。」

「原來如此！」京極擊掌叫好。雷歐覺得這個動作和市川崑導演拍攝的橫溝正史「金田一耕助」系列電影中由加藤武飾演的警部做出的「好，我明白了」的動作很像，但不敢說出口。

「沒錯，就是綾辻兄說的這樣啊。」

「所以說……」郡司說：「那只是一種幻術，香川先生、湯本先生以及平太郎與那堆妖怪文化財都還留在那棟公寓裡？他們還在等待救援？」

「是的。由於文化財變化而成的百妖百怪隨著學天則一起出現，沿著道路離開了，警察和暴徒緊追在後，持續跟蹤，電視轉播當然也會跟著報導。自衛隊和ＹＡＴ肯定判斷這邊危險性較高，所以會鎖定學天則吧。如此一來，公寓這邊將沒人注意——人潮也會離去，所以要去救人或運走文物的難度應該就降低很多了。若期萬全，將防災牆放下，從頂樓搬出更好。」

「難怪說要直升機……」郡司皺眉說：「但現在要上哪找運輸用的直升機啊，我可沒有那種人脈。若是用租的，價格也不是我們能負擔得起的。」

「但要派卡車去也不容易。雖然不是不可能……很花時間啊。這裡是富士山麓，現在立刻趕去也來不及。」

雷歐本來想接著說鸚鵡啼叫（註42），怕被白眼還是算了。

「不……等一段時間之後再去比較好。現在公寓四周還有些人，出現那麼不得了巨大機器人，眾人的應該都會關注那邊，圍觀群眾也會把焦點放那裡而非大樓。再過幾小時候，周遭應該就沒人了。雖然那個啥日本情操會也有可能留下來繼續破壞公寓……不過他們優先想打倒的目標應該還是學天則。」

「打倒？」

「如果打倒了機器人，荒俁先生也會被打倒嗎？」似田貝問。

「要怎麼辦到？學天則實際上『不存在』，根本沒辦法打倒吧？」

「可是荒俁先生存在啊。」

那倒是沒錯。如果被狙擊的話，就輕易地死了。如同貸本漫畫版本《惡魔君》的結局一樣。

「對機器人發射飛彈或拋出手榴彈的話，荒俁先生恐怕是死路一條。因為他只是個手無寸鐵的普通人。如果是毒氣攻擊也抵擋不了。但他身邊有群眾包圍，所以這兩種攻擊都不可能。至於狙擊，狙擊手所能看見的荒俁所在位置與實際位置差了十幾公尺，自然也射不中。」

註42：日本學生背誦√5近似值的口訣是「富士山麓鸚鵡啼叫」＝2.2360679。

因為荒俣先生實際上是在地上走動。

「總之，在把敵方勢力引至理想位置後，那架學天則就會消失。接著荒俣先生只要順利地躲到某處即可——換句話說，這其實是調虎離山之計。」

「聽起來根本是哈梅爾的吹笛人嘛。既然如此，時間上應該來得及，來籌備救援計畫吧。」

郡司露出凶惡面容說。

拾捌

古老邪神隨信徒啟程

「哇哈哈哈哈哈！」

著實愉快的笑聲。彷彿純真無邪的孩子湧自丹田、毫不懷疑地享受人生的笑容，再加上靠走私和賄賂而腦滿腸肥的奸商之黑心得意笑容，再加上平凡酒醉老爹的下流蠢笑，最後除以坐在特選爆笑表演現場最前排、容易被逗笑的女高中生的青春笑容而成，認真度百分之一百二十的笑容。

發出者是平山夢明。他指著電視不停發笑。

電視上播映的是——

「是機器人耶！太蠢了吧？」

他這句話指的是誰？是機器人？是包圍機器人的其他人？也許他是指這種情況很蠢吧，黑史郎想。

「這太誇張了。」松村進吉手上的免洗筷掉落，說：「這個，這不是二足步行型載人巨大機器人嗎？不可能，太扯了。如果擁有製作這種東西的技術，早就能征服世界了。」

「技術啥的我不懂，不過連這個都能出來的話，下一步就是使徒襲來了吧。哇哈哈哈，這世間真的愈變愈愚蠢了啊。」

「還能笑出來的人只有你了，平山兄。」福澤徹三說：「事實上，我完全看不出有哪裡好笑。平山兄的笑穴和別人不同，真受不了。」

「為什麼？哪裡不好笑？這種簡直像暴發戶的浴室擺飾般的東西在逛大街耶？他們開這個出來，是要把暴徒們踩成肉醬吧？肯定會變得稀巴爛！喀喀喀，真的沒人被踩嗎？應該有吧？我看剛剛好像有人被踩了啊。萬一真的踩到的話就變爛蕃茄了吧？咯咯咯～」平山似乎很樂。

「安靜一點啦，電視在說什麼都聽不清楚。」

「聽不清楚有差嗎？反正電視即時連線報導只會說些屁話。『哎呀，現在摔倒了！喔呵呵呵，現在又爬起來了～』之類。一看就知道的事幹嘛特地再說一次？無聊死了。」

「這麼說是沒錯。但沒有記者會用這種語氣啦。」

黑木遺憾地說，撫摸稀疏的山羊鬍，瞥了一眼黑，說：

「覺得駕駛員看似荒俣老師的人只有我嗎？也許是因為那架機器人是學天則，所以才這麼聯想。」

「嗯，他就是荒俣先生。」黑回答。

「真的假的？」真藤順丈瞪大眼睛反問。真藤也得過日本恐怖小說大賞，當時的評審委員之一是荒俣宏。重點在於那個「也」（註43）。

註43：真藤曾於2008～2009年間連續獲得四項新人獎項。

「什麼意思？」平山轉頭。

明明剛才還在鬧著玩，耳朵倒是挺靈光的。

「荒俣先生是很高大，但也沒高到那種程度吧？他的身高有這麼高嗎？所以那是啥？荒俣穿的布偶裝嗎？他什麼時候長得跟C－3PO一樣了？嗯～這麼巨大的話，搞不好還能和大魔神玩相撲咧。」

黑木以彷彿得到鼻炎的鼬鼠般的表情盯著平山。

「那麼巨大的話要穿衣服也很麻煩，應該會跟那個叫啥粉紅沙龍的巨人很像吧。那個也是全裸啊，一絲不掛。」

「是進擊啦……」

黑木嘟囔。

不是吐嘈，而是自言自語。

「而且第一句先否定說『沒高到那種程度吧』，接著表示懷疑『有這麼高嗎？』後，搶在別人回答前斷定說『這麼巨大的話』，根本從頭到尾都在自說自話。」

「在那邊囉哩叭唆很煩耶，黑木你啊，就是這樣才不行啦。有空抱怨還不如去多做幾個伏地挺身。」

「伏地挺身？」

「伏地，挺身。趴下去，舉起來。只想著舉起來是不行的。要一上一下，流點汗後，就不會老是抱怨了。你就是累積了一堆鬱悶，才會這樣抱怨個不停。」

「我說你們！很吵耶！」

宍戸麗高聲抗議。

「平山先生吵死人了，閉嘴啦。」

「啊？呃，抱歉……慢著，佩可，幹嘛對我大小聲？」

「就說你很吵。大家都在看電視，安靜一點啦。」

「啊啊啊！」真藤大喊：「真的是荒俣老師！」

「看見了？」

「他搭乘在頭部。好厲害！是超級機器人啊，貨真價實的英雄啊！」

不，恐怕不是英雄而是惡棍。是站在反派那邊的。是在超級機器人作品中被打倒的那一方。就算同樣是機械，也是機械獸或鐵面具黨或暗黑破壞部隊的那一方。

最後會被必殺技打個粉碎，變成破銅爛鐵。

只是——

究竟是何時製造出那種東西的？黑怎麼看都覺得很可疑。荒俣宏操縱巨大的學天則在杉並區的道路上步步前進，怎聽都像是酒席上的玩笑話。這如果是村上健司或京極夏彥忍著笑意鬼扯淡的內容還能理解，連畫進漫畫或寫進小說也不行，肯定連載會被腰斬，單行本立刻絕版，庫存也會被送去裁切銷毀，再也沒人邀稿。沒有讀者會理寫出這種情節的作家，所有已出版的作品都會被低價賤賣清庫存，今後永遠不被閱讀吧。

啊啊，好可怕。

然而如此可怕的事卻是現實。雖然被暗黑邪神糾纏的黑也差不多可笑，但也一樣是現實，可說是五十步笑百步。

「唉……」

黑大大地嘆了口氣。

「對了，這玩意會射飛彈嗎？」

暫時閉嘴的平山重新開機。

「如果是佩可搭乘的話，應該會這樣……」

平山雙手貼在胸前，做出猥褻的動作。

「應該能咻咻發射出去吧？ㄉㄨㄞ ㄉㄨㄞ地。」

「什麼狀聲詞嘛。」福澤皺眉說：「這又不是動畫，不可能發射飛彈的。」

「不然總能發射光束吧？不是大喊一聲就能射出嗎？況且它手裡還拿著大菜刀。」

「並沒有吧。」黑木也皺眉說：「機器人不是魔術師，沒辦法射出身上沒帶的東西。」

「就說你們這些觀察力不足的傢伙不行。阿徹，我說得沒錯吧？」

「別問我。」

「你們仔細看，它手裡握著尖銳物，那是壓縮過的，一旦有需要就就會膨脹得跟牛刀一樣大，把成群的豬玀切成碎片。」

「怎麼又是豬啊。」福澤深感遺憾地說。

「那個是羽毛筆吧。」水沫流人雙手合十，歪著頭說。

「不是有諺語說筆勝於劍？否則這種弱弱的機器人一下子就被幹掉了。從剛才起就只會走路嘛。」平山說。

「可是這樣和平山先生喜歡的使徒很像啊。」黑木自暴自棄地說：「如果他邊走邊搗毀大樓的話就很像怪獸。不過使徒的話多半只露個臉吧？然後就被攻擊了。」

「光是能步行就很厲害了。」松村呆呆地盯著電視，似乎完全著迷於二足步行。接著說：「這種尺寸還能用雙腳步行，到底怎麼辦到的？」

「若是使徒還有話說，但這架機器人實際上只是走動而已，所以自衛隊也不敢妄加攻擊吧？假如沒故意破壞房子或殺害民眾的話，自衛隊也無法出動。」

小松艾梅爾說，但被福澤反駁。

「那是平常時期。」

「緊急時期不一樣嗎？」

「現在日本已成了無法地帶。雖然不是緊急時期，但也不算平時。和警察一樣，現在會介入許多過去無法介入的事件。不對，八成早就偷偷修法通過了。」

「沒錯沒錯，一定有修法吧。」平山一旁起鬨說：「政府早就不把人民當一回事了。

不，人民自己也差不了多少。難怪到處都有奇怪的東西冒出來。所以就算這架機器人光是走路，什麼都不做，也隨時可能遭飛彈攻擊。」

若是如此就糟了。

「底下有大量圍觀群眾，應該不至於這麼極端吧？警察、暴徒加上一般民眾，少說有上百人呢。」

「不不，會連同圍觀者一起炸爛啊。現在的政府就是敢這麼做。一定會一起炸得粉身碎骨的。」

「若是如此，荒俣老師就危險了。」真藤認真地說。

「放心啦，那麼巨大的東西不會輕易被破壞。沒事的，一定會在濃濃黑煙中昂然而立的。真是帥氣。」

「太敷衍了吧。」福澤站起身來。

他拿起堆滿菸屁股的水桶走向窗邊，又要去抽菸了。這名漢子曾豪壯地宣稱就算地球毀滅，人類滅亡，最後只剩他一個也絕不戒菸，卻比其他人更重視抽菸的禮節。與粗獷的言語和凶惡的外型相反，是個心思細膩又體貼的人。

在電視螢幕中，學天則悠然在大樓之間行走。微妙的尺寸反而更有真實感。

平山說能和大魔神相撲，沒錯，這種和大魔神相近的尺寸賦予他寫實性，造成懾人的恐怖感。假如它和巨神兵一樣大的話又會過於巨大，失去現實感。怪獸是野獸，所以就算尺寸大一點也沒問題，換作是人型的話，太大看起來反而很假。

雖然在不熟悉特攝的人眼裡恐怕都一樣吧。

不過，更重要的其實是和背景的協調感。不單只是尺寸的問題，重點在於比例感。哥吉拉拍到後來也是愈來愈巨大，主要是因為城市中的高樓大廈愈來愈高。初代哥吉拉若在現代現身，恐怕難以帶給觀眾驚奇吧。晴空塔的高度為六百三十多公尺，初代哥吉拉只有五十公尺，好小。

相反地，假如好萊塢版哥吉拉在昭和三十年代的東京現身，不管ＣＧ做得多好，仍會給人虛妄浮誇之感。

就好似用攤商裝炒麵的餐盒裝盛豪華法國菜主菜，即使有加以擺盤，也只會白白浪費料理和容器。那種容器最多只適合裝豬排飯。即使是百圓商店的餐具，恐怕也只有陶瓷餐具勉強適合盛放法國菜吧。總之，學天則恰好就站在這種帥氣與俗氣的交界線上。

是的，只能勉強算是帥氣吧。

學天則。

位在現場的人也許會覺得那是勇猛的巨大機器人。

但透過空拍鏡頭一看，還是免不了顯得寒酸，毫無疑問地。

松村那麼興奮是因為那是能以二足步行的大型機器人，等興奮一過，便會發現那其實並非多了不起的東西。剛才平山把它形容得很強，其實那種程度的機器人無法破壞大樓，連踩爛公園座椅都有困難。就像不管多麼破爛的小屋，黑史郎這個人也無法獨力破壞一樣。同樣地，那架學天則應該也無法破壞大樓吧。體型算是巨大，但還是辦不到的。挖土機比它強幾十倍。不，恐怕連巴士也贏不了。那種機器人只要被巴士撞個一次就毀了。

因此，雖然眾人把它當成類似動畫裡的巨大機器人，電視台的主播也不停如此稱呼，黑認為那是錯的。

那絕不是機器人或ＭＳ那樣的事物。

所謂的機器人必然具有某種用途。和是否具有人工智慧，是否為人型之類毫無關係。也沒必要變形合體。先不提這個。不管是否為人型，世上並不存在毫無用途的機器人。或許有人反駁，不是有只能二足步行的機體嗎？為了應用在各種地方，「在機械上重現人體動作」就是那種機器人被造出的目的。

而原本的學天則也是為了「能寫字，能改變表情，令見到者感到驚訝或佩服」的用途而製造。

它絕不是武器，不能用於戰鬥或搬運，無法發揮原本目的以外的功用。

也不應該發揮其他功用。

不管變得多麼巨大或能夠步行，只要還是學天則，就不可能像平山所說的發出光束或使用刀劍。它一旦受到攻擊，就會毀滅。它必須毀滅。因為它是世界和平的象徵。寧可讓自己被破壞，也不能破壞其他事物。

因此，那個與其說是機器人……

恐怕更近乎於……

妖怪。

所謂的妖怪是一種奇妙的、可怕的，有時十分噁心，某種意義下很不得了，卻又相當沒用，結果而言極為弱小的事物。

就算遇見妖怪，頂多嚇一跳。基本上妖怪不會毆打或踹人或啃咬，只有極少數會吃人或毀壞屋舍。喪屍會吃人，怪獸也會破壞市街，但妖怪頂多只舔人或割破衣服，就這麼多。說來和所謂的變態恐怕更接近。

由此看來，最近興起的排妖怪風潮果然很奇怪。

不管妖怪出現多少，根本用不著管牠們。

若有喪屍大量湧現，當然非常棘手。不，就算只有一隻怪獸也比現在的群妖亂舞麻煩得多，怪獸會帶來嚴重破壞。至於妖怪，被舔臉頰或被割窗簾頂多噁心煩躁，根本死不了。而妖怪也很弱，能輕易驅走。

為何要敵視到這種地步？

而且，明明電視之前不管什麼都當成妖怪，現在看到學天則，為何沒人認為是妖怪？既然是從傳聞中的妖怪製造廠公寓出來，為何是機器人？外表姑且不論，怎麼想都不可能從那個小小入口鑽出來吧？金屬又不能伸縮。能夠引發如此奇妙現象的不可能是機器人，說是妖怪現身的話，不就能放手攻擊了？

因此——

黑這時發現了。

世人已失去分辨能力。

不管是怪獸、機器人、外星人、超能力者、忍者、變態、罪犯、下流老爹，只要是討厭的低俗事物，對他們而言全都一樣。全部混為一談，加以憎恨。

這些令人忌恨的事物的總稱就是妖怪。

換言之——

這架巨大機器人其實也是一種妖怪。人們喊著「機器人！機器人出現了！」和「大入道！大入道出現了！」在語意上幾乎毫無不同。

這不就是所謂的神祕學嗎？

神祕學的本意是「隱蔽」。是一種把重要部分隱而不談的態度。是個黑箱。因為絕不把話說明白，所以能方便地隨著狀況鬼扯。

但這樣的態度對反對者來說也同樣方便。

只要是可疑、難以置信的事物，就統統拋進黑箱，蓋上蓋子打包起來，貼上所謂「神祕學」的標籤，一併否定——不，本來就是為了否定才將之丟進黑箱裡。

這樣比較輕鬆。

用不著去好好檢視。

然後——

黑這時又發現了。

反正一定是其他東西不好。雖然那是什麼黑並不清楚。例如說，假設現在有喪屍吃人，肯定也會被當成是妖怪所害，什麼都能推給妖怪。

只要是討厭的事物，全都是妖怪。

什麼跟什麼嘛。

黑逐漸覺得生氣起來。

噗嚕，類似章魚腳的觸手貼在他的額頭上。

這尊邪神偶爾會動。

對世人而言，這隻攀在黑頭上的物體也是妖怪。然而克蘇魯神話的諸神只是創作，根本不是妖怪。

但對世人而言，就是妖怪。

「唔……」

黑發出悶哼。水沫問：「想拉肚子嗎？黑先生，你有段時間沒去廁所了，還可以嗎？」

「啊，我都忘了，被你提醒又想起來了。」

「這樣啊！真是抱歉，不過你頭上的邪神變得那麼大，現在恐怕進不去了吧。」

「咦？」

抬頭一看，的確又變大了。真希望祂能節制一點。已經大到能觸及天花板了耶。

「害你想起來真是抱歉。但現在這樣動彈不得也很麻煩吧？我去買攜帶式馬桶好了。」

「不……不用了。在大家活動的房間裡拉肚子不好啦。」

「放心，你要拉的時候我會請其他人先去其他房間的。」

水沫做出把某物插入的動作。

「用不著害臊的。」

「不不不，這不是害臊的問題，在這裡大便會很臭，尤其是拉肚子。我自己也不想在房間裡大便。況且，麻煩水沫先生你幫忙照顧便溺實在太奇怪了。」

「可是黑先生，繼續堅持下去會漏出來喔。」

「呃……可是……」

應該沒問題。如果這尊邪神也和學天則一樣的話——應該能夠穿過門。

「小黑，你想幹嘛？別在這裡拉屎喔。」平山說。

眉頭糾結成一團，表現出明顯厭惡表情。

「很臭耶，饒了我吧。」

「平山先生，剛才你分明說拉個屎死不了人，還罵我說頂多會臭，根本沒什麼。」

「我聞不到的話當然沒什麼，但現在會臭到我就不一樣了。」

「你……你這人太過分了。」黑木一臉怨恨地說。

「不過分啊，任誰都很討厭屎味吧？起居間有人拉屎根本跟地獄沒兩樣。大家可是要在這裡吃飯的耶。」

明明是黑的家。

「勃吉的話我不敢說，但我可沒那種興趣喔。換作是勃吉的話，應該對小女孩的大便……」

「別……別亂說啦！」松村也以一臉怨恨的可怕表情瞪平山，說：「你這樣亂講會害我被誤會的啦，平山大師。為什麼想到啥就亂說啊。如果被當真怎麼辦。」

「啊，抱歉抱歉，大便的話可能還是有點勉強。好吧，我收回剛剛那句話。看，大家都很討厭大便啊。黑木的缺點就是心眼小，老是記住一些枝微末節。我說黑木啊，你知道神賜給人的禮物是什麼？」

「我哪知道。」

「就是忘記事情的能力啊。」平山說。

「是嗎？呃，或許吧。」

「才不是或許咧。忘記超重要。任何事都都必須忘記。唯有忘記過去才能得到幸福。神明好不容易賜給我們這個禮物，把它浪費掉會遭天譴的。」

黑想，就算是黑木，也不想被天譴排行榜第一名的平山說這些吧。

「那樣是絕對不行的。黑木啊，所以我就說你不行啊，你說對吧？」

「居然向我本人徵求同意嗎？我個人是覺得自己的個性其實很散漫。我只是想盡量仔細地把事情辦妥，但其實很籠統啊，目前說來。」

「你這是何必呢？太龜毛的話小心變成京仔那樣喔。」

「怎麼這麼說……」

「笨蛋，那傢伙連旅館房間的榻榻米網目都在計算啊，太異常了，根本是變態。像是『剛剛那間比這間少了一百十二目咧』，或『這間旅館浴缸容量大約幾加侖啊』，或『拖鞋共有三百零二雙半喲～』之類的。」

「京極先生就算說過這些話，也絕對不是那種語氣。」真藤吐嘈，在此同時，福澤以低沉嗓音要大家安靜。

「幹嘛啦？那麼想聽電視聲音就坐到旁邊就好啊，阿徹。坐在角落窗邊，學碼頭的船夫耍帥是怎樣？」

「我沒在耍帥。不是那樣的。我是在說我們這邊恐怕也要發生電視裡的事了。」

「什麼意思？」

黑木豎起耳朵，走到福澤的窗邊，立刻發出倒抽一口氣般的驚叫。窗簾拉上了，看不見外頭的情形。

「啊哇哇哇哇哇哇～」

「怎麼了？幹嘛發出跟被車子碾到的青蛙一樣的聲音？所以說你……」

「好啦好啦我就是不行啦，我知道我知道，別吵好嗎？」

黑木語氣不帶感情地迅速這麼說後，從窗簾縫隙窺探外頭，動作僵住。

「喂，佩可，有聽到了嗎？剛才的。這小子居然用那種語氣對我，真的變偉大了。變得跟天狗一樣得意忘形了。鼻子翹得比撒謊的小木偶更高啊。」

「拜託，別吵好嗎？」

「幹嘛啦？」

原本仍很鬆懈的平山，突然直挺挺地坐好，臉上失去笑容，換上險惡表情。還以為他準備發飆……

「有人來了。」

平山簡短說完，直接站起。

有人來了？

誰來了？

「請……請來看一下。」

黑木招手。除了黑以外的所有人湧向窗邊。黑也想去，但他擔心自己能否起身。要頂著高及天花板的東西在室內移動應該沒人不擔心。

平山迅速確認外頭的情況，悶哼一聲後把窗簾拉上。

「平山大師，現在是怎樣？為什麼要把窗簾拉上？」

「沒關係的。沒必要所有人都暴露長相。」

「暴露？暴露是什麼意思？」

「吵死了，別囉哩叭唆的。想看就偷偷看，看了別嚇到喔。」

平山離開窗邊，松村靠近窗簾。

黝黑的圓臉逐漸僵硬起來。

「這……」

松村邊說邊後退，嚇得跌坐在地。

真藤和水沫跟著靠近窗戶。佩可和艾梅爾也跟在後頭。

「……這很不妙啊。那群人是啥？」松村總算擠出聲音說。

「好多人啊。」

「好多……好多是什麼意思？可以告訴我嗎，這裡好歹是我的……」

這裡好歹是黑的家。

「嗯，我就知道不久就會變成這樣。接下來該怎麼辦？」

「什麼嘛，別賣關子。」

「簡單說就是我們剛剛在電視隔岸觀火，現在火燒到自己身上了。」

「啊？」

「我我我我……我們被包圍了。」

松村連爬帶滾地接近黑。

「少少說有上百個。」

「啊？」

「現在這間房子陷入跟電視裡的公寓相同狀況了。這真的合理嗎？我們又沒做壞事。頂多偶爾在腦中想著不檢點的事。我只是想，又沒有做！」

「我也只在文章裡寫些不檢點的內容啊。話說回來，真的有那麼多人？」

「看起來不下百人。」真藤說：「把我們團團包圍起來。雖然和那間公寓比人數還差得遠。」

「有這麼多啊！一樣也拿火把嗎？」

他們也想燒毀淨化這裡嗎。

這裡只是一般住宅，黑只是個一般民眾。不像荒俣那棟強化過的公寓，這間房子一被點火立刻會熊熊燃燒起來。一切都會燒毀，所有人都化為焦炭。

「似乎沒有火炬。」艾梅爾回答。「他們只是站得遠遠地窺視這裡而已。」

那樣好像更可怕。

「黑兄，這……這裡有防火閘門或迎擊用火箭砲之類的裝備嗎？或者吧臺背後的牆壁可翻轉，裡頭藏著手槍之類的？」松村問。

「我不是間諜也不是諜報員，更不是游擊隊或恐怖份子。我只是個善良的、容易腹瀉的作家。只是個小市民。是個只因喜歡妖怪就被白眼的社會中的弱者。現在則成了被這種怪物攀在身上的可憐被害者。」

彷彿在回應黑的發言，觸手扭動一下。

「是連去廁所也不方便，害得水沫先生擔心，要幫我買攜帶式馬桶的徹底弱者。壁櫥裡收藏的只有金肉人橡皮擦、恐怖DVD、喪屍電影和無聊可笑的垃圾遊戲而已。」

「靠橡皮擦根本贏不了啊。」松村喪氣地說。

「他們好像更靠近了……」佩可說：「總覺得有點噁心。」

「噁心？這不是噁不噁心的問題吧。根本不知道他們的目的。」

黑木再度窺探。

「唔……」

「黑木兄，別只出聲不說話，很可怕耶。想說什麼就具體說出來啊。」

「我只是在思考該怎麼表達而已。就如同佩可小姐所說，總覺得這些人似乎有點異常。」

「用異常太籠統了。」

「抱歉，我的詞彙很少，難怪平山先生老是罵我不行。呃……這些人各個兩眼無神……不對，應該算有神，但……呃……那種眼神我有印象，卻想不起來在哪看過。」

「講半天還是聽不懂。」

平山皺起眉頭。

「抽象的形容一點也不重要。那只是你的主觀。聽你描述感想根本無濟於事。直接說是否拿著棒子或柳葉刀這類具體的事就對了。」

「他們手裡什麼武器也沒帶，只高舉告示牌……上頭寫了什麼從這邊看不清楚。」

「我看八成是『妖怪去死』或『怪談毀滅』之類吧。」

「呃……或許是。可是這麼一群人團團包圍我們，好歹也會呼點口號吧，卻又很安靜，意外地還挺守規矩的。」

「規矩？」

「對啊，氣氛上和暴徒大相逕庭……至少和電視轉播的那個叫啥……日本情操守護會的傢伙們不一樣。此外，服裝也……」

「穿什麼服裝？」

「明明沒有穿上制服之類的共同服飾，卻莫名有種統一感。這只是我個人感覺，總覺得有點像御宅族。」

「啊？」

平山聽到這裡，忍不住把黑木推開，自己站到窗邊確認。

「電視裡的暴徒有不少人穿防災救生衣戴安全帽，看起來就很像抗議群眾。但這邊的卻沒有那種好戰氣氛。以地方巡邏隊來說……有點奇妙。年齡層也老幼不一……好像還有外國人。」

「啊，真的有外國人。」

「外外……外國人也要來攻擊我們？」

「不……不像是要攻擊。感覺不到那種氣氛。」

「也許在等武器送達？」

「呃……」

黑木聳起圓滾滾的肩膀，把頭歪向一邊。

「啊！」

「怎麼了？」

「我想起來了，那是跟蹤狂的眼神。」

「跟蹤狂是什麼鬼，黑木兄，你遇過跟蹤狂？」松村說。

「不是啦，呃……對了，松村兄，你應該也有印象吧？我們去採訪的時候，偶爾不是會遇到那種……對某事徹底相信的人嗎？那種捨棄懷疑的人，捨棄傾聽的人。外頭的群眾就給我那種感覺。」

黑想起鴨下沙季。

糾纏黑的黑暗邪神的前身是精螻蛄，更前身則是卡波・曼達拉特。最初見到卡波・曼達拉特的就是這名女性。換句話說，她正是害黑遭逢此一災厄的元凶。

鴨下的眼神也是這種感覺。

「喂喂。」

平山露出彷彿惡鬼般的臉，回頭說：

「那傢伙不是青蛙嗎？雖然穿著奇怪的衣服。」

「青蛙？是作家田邊青蛙小姐嗎？如果是她的話，奇裝異服或cosplay也不奇怪，可是……」

「不，肯定是她本人。因為她身邊的那傢伙是圓城。」

「圓城塔先生？不不，不可能吧？」

田邊青蛙是怪談奇幻類作家，在出道前就和黑有交情。圓城塔則是她的配偶，是芥川賞得主。雖然主要創作領域是科幻作品，但曾在被禁以前的《幽》刊載過拉夫卡迪奥・赫恩（註44）的翻譯，所以算「他們這邊」的人。

「真的是他們耶。」黑木說：「怎麼看都是他們夫妻倆。」

「青蛙那傢伙居然背叛我們。現在是怎樣？她明明寫過怪談極短篇，還靠這個拿到日本

註44：Lafcadio Hearn，明治時期的英裔日籍小說家，愛好日本民間故事，將之寫成英文短篇小說，集結成《怪談》一書。

恐怖小說大賞。」平山說。

「她原本是妖怪類作家啦。」

「居然去投靠敵人。」

「不對……真的是敵人嗎？」

開口的是從剛才一直保持沉默的福澤。

「他們背後那位不是菊地秀行老師嗎？然後……那位應該是伊藤潤二先生吧？」

「阿徹，你質疑我嗎？」

「居然一起背叛了。」

「不……我想不是這樣。假如他們想攻擊我們，早就這麼做了。」福澤說：「你剛才說他們在等武器送達，但日本好歹是法治國家，住宅區有人想聚眾滋事的話，警察一定會來確認狀況，其他居民也會去報警。所以他們一定會趁警察到來前先攻擊，這才是奇襲的作法。像他們那樣遠遠包圍觀察反而會被逮捕。」

「是嗎？」平山反駁：「才不會逮捕咧。你剛才也看到電視了吧？在對抗妖怪這件事上，暴徒和警察根本有志一同。就算不得已必須逮人，也是套好招的鬧劇。」

「呃，說得也是，但我還是覺得不太對勁啊。」

福澤說完的瞬間。

門鈴響了。在場所有人嚇得跳起數公分。黑的括約肌又緊縮起來。他頭上有東西卡住，想跳也跳不起來。

「好……好……好像有人來了。」

「不必你提醒，我們都聽到了。我們有長耳朵。」

「要要要……要去應門嗎？」

「去……去應門一下或許比較好吧？」

「可……可是……」

「說……說不定是宅配啊。」

「說啥傻話，這哪有可能啊。」松村插嘴。

「不，絕對別去應門比較好，會害死大家的。」

「你一句我一句，吵死了！」平山怒喝：「開不開門有差嗎？就算我們不動，對方還不是會闖進來，不如主動出擊。黑木，你去開門。」

「我我我我嗎？」

「不想去嗎？」

「我去吧。」黑說：「這裡是我家。」

「慢著，小黑不行，你背著那隻大章魚還能走路嗎？」

「我想可以的。」

黑站起來，黏滑的觸手隨之扭動，黑暗古老的邪神又改變了姿勢。配合黑的動作蠕動起來。

「我去開門。然後直接衝出去，那樣的話所有人都會衝著我而來，場面一定會一片混亂。各位就趁這個機會趕緊逃吧。沒人知道你們跟我是一夥的。」

「呃，真的要這樣啊……」平山搔頭：「老實說，我啊……不怎麼喜歡這種自我犧牲的發展咧。」

「你明明剛才就想把我當成活祭品！」

「黑木的話又沒差。反正老奸巨猾的你肯定會馬上倒戈加入敵軍吧。」

「你……你這樣講太過分了啦，平山先生。雖然我的確會盡量撒謊自保。」

「看，我就說吧。你肯定會亂掰什麼『哎呀，你們要找的是隔壁啦，搞錯房間了唷，死相～』之類的吧？但是如果是小黑，一定會老老實實地招出來。」

「沒關係的。」

黑開始覺得無所謂了。他想，是放棄的時候了。或說，此命絕矣。或說，順從命運。或說，順其自然。不管如何，如此不自由且不自然的狀態終究無法維持下去。

「反正也不見得會死。」

「喂喂，何必想不開。」

黑準備前往門口的時候。

「啊～您好～好久不見了～」

聽見佩可的甜美聲音。

慢著。

門已經打開了。

「喂，佩可，妳幹嘛？」

「咦？可是……」

「可是什麼。」

平山走向前，換他驚聲怪叫。幾張熟悉的臉龐現身在門口。

「東……東先生？還有天野先生與高橋老師？」

站在門口的是……《幽》前總編東雅夫、雕塑家天野行雄與漫畫家高橋葉介。

「為……為什麼？」

「我從窺視孔一看，發現是東先生就開門了～」

「什麼『就開門了～』嘛，妳太不小心了，就算是熟人也不見得是自己人啊。話說回來，你們為什麼來這裡？」

「哎……說來話長。」東以絕佳的嗓音說著。

「平山先生，好久不見了。各位都沒事吧？」

「……沒事是沒事，但對當前的世界不太能接受啊，對吧，小黑。」

「是的。我已放棄理解了。這世界的任何事情都變得很莫名其妙。」

「好厲害。」天野讚嘆：「是正牌的邪神啊。雖然要我說感想我也只能說出『好厲害』……這尊邪神……和我想像的形象非常相似……單論造型的話當然是做得出來，但如果還要能動的話，只能靠ＣＧ……也沒辦法像現在這樣栩栩如生。就算能重現質感和細部造型，如此活生生的動作與變化，實在重現不來。此外，這個尺寸也很驚人……要製作這麼巨大的雕塑……」

「呃，這不是雕塑。」黑打斷天野的話：「先說明一下來意嘛，天野先生。」

「真慘。」東說。

「我是真的很慘啊。」黑說。

「其實我們都很擔心你。」

「所以你們真的是來幫忙我們的？帶武器來援助我們嗎？」黑木插嘴。

「並不是這樣，黑木。」東說。

不知為何，不管任何方面、任何人在面對黑木時，語氣往往都有點凶。

「所以，外頭包圍這間房子的不是敵人，而是自己人？」

「算是吧。」

「自己人就是自己人吧？」

「自……自己人啊……」

說完，松村變得像洩氣的氣球般癱軟倒下。

「所以外頭的人不會殺我們囉？」

「不會的。」高橋說：「圍繞在外頭的是來自全世界的洛夫克拉夫特信徒。」

「信徒？」

「高橋老師，你的意思是這些人是……信仰克蘇魯神的信徒？你們真的信這種神？」平山說。

「不是這樣。」高橋葉介說：「雖然大家都很認真看待克蘇魯神話，但每個人都很清楚那只是創作。」

「既然這樣的話……」

「他們很明白克蘇魯神話是洛夫克拉夫特與其他創作者發揮想像力產生出來的創作。換句話說，在黑先生身上的那個奇形怪狀的東西……」

「是假的嗎？」

雖然這種情形本來就不可能是真的。黑也覺得肯定是某種其他的事物。

「不，並不是這樣的。」高橋否定。

「不是嗎？」黑說。

「什麼意思？」平山反問：「你們很清楚那是人創造出來的神吧。」

「豈只知道，許多人自己也參與克蘇魯神話的創作呢。因此，他們認為那隻章魚般的怪物是純粹創作物奇蹟似的現實化。」

「我還是聽不懂，不過先進來吧。」平山說：「雖然這裡不是我家。總之外面那幫人不會襲擊我們就對了？既然如此我就放心了。喝點咖啡放鬆一下，你說是吧？小黑。」

「呃，可是……」

雖然沒錯，但黑的隱憂依然沒能消解，還是一樣腹痛。「那麼，我來沖咖啡吧。」不知為何，水沫自告奮勇去廚房。東和高橋坐上沙發。天野來到黑身邊，眼睛發亮，問道：

「這個能摸嗎？」

「可以是可以，一般人不會想摸吧？」黑回答。

「當然要摸。難得有這個機會怎麼可以不摸。啊，這邊是硬的。」

似乎很開心。

「天野先生，你不覺得噁心嗎？摸太多的話可能會轉移到你身上喔。雖然那樣對我來說比較好。」

「辛苦你了，小黑。背著這個肯定很不方便吧。不管要站要坐都很不自由。啊啊，好有生物感。這種質感真的無法重現。不管是樹脂還是PU都做不出來啊。」

「真的會轉移過去喔，天野先生。」

「要來就來啊～我也挺想體驗看看的。啊，抱歉，對真的被附身的人，這種說法太嘲諷了。」

「天野先生，外頭的人們究竟是哪些人？就算你們說不會襲擊，我還是無法盡信。畢竟我完全看不到外頭情況啊。」

「所以……」平山開口：「你們說這隻章魚是創作的現實化是什麼意思？」

「他們似乎認為這是想像力在物質世界具體成型了。克蘇魯神話是優秀的創作，也是超越個人框架，由眾多創作的意念編織而成的事物。而現在，由於這種假想世界太過優秀，在某種機緣下在現實之中顯現了。」

「呃……好吧，這個解釋我接受，雖然不怎麼認同。」平山說：「畢竟現在世界變得莫名其妙，什麼東西會變得怎樣其實已不太重要了。反正不管啥都能出現，沒人敢打包票說不可能，用任何理論都能解釋得通，沒人能反駁，也沒人明白真相。換句話說，有人這麼想很正常。然而問題是，他們為啥會聚集起來？實際上又打算做什麼？再來，為啥是東先生和高橋先生當代表？」

「哈哈，問題就在這裡啊。」東苦笑說：「他們看到黑木和松村在推特上貼的照片的瞬間，立刻產生一種確信——『這是貨真價實的克蘇魯』。說貨真價實或許不對，如剛才高橋先生所言，這應該也只是某種事物吧。總之在這之後，這個消息轉眼間就傳遍全世界。」

「好可怕的資訊社會。」松村發抖說。

「轉推再轉推，一瞬間擴散開來。不過，由於全世界都知道日本現在變成被妖怪侵蝕的妖怪汙染國……」

原來知道啊。

「同時也得知了蔓延全日本的排妖風潮。美國連日來都在討論這件事，也傳遍中國和俄國。咱們日本現在被戲稱為『YOKAI JAPAN』（註45）呢。這時，克蘇魯迷們突然發現一件事。」

「發現什麼？」

「這樣下去，這尊邪神也會被驅除。」

「啊啊？」平山傻眼反問：「會這樣嗎？」

「當然會。其他事姑且不論，至少日本的技術力舉世聞名。其他國家認為，不管多麼困難，這些妖怪最終會被驅除的，也認為日本是個會為了某些目的團結一心、有秩序地將之完成的民族。」

「這不見得吧？」平山說。「沒錯，至少平山兄肯定不會守秩序。」福澤吐嘈。

「日本給其他國家右派的印象，所以容易有那種印象吧。例如SAMURAI（武士）或HARAKIRI（切腹）之類的，最重要的是Remember Harbor Pearl（勿忘珍珠港）啊。」平山說。

「雖然不太懂你想表達什麼，或許如此吧。」東一臉困擾回答後，接著說：「有一批人認為克蘇魯和那些又髒又蠢的妖怪並不相同，不希望克蘇魯在這波排妖風潮中被人驅除，於是決定來拯救邪神。」

「拯救？」

「是的。就這樣，跨國邪神拯救網絡就這樣形成了。不久之後，開始有人主張妖怪也不該被驅除，於是形成了不清楚他們對日本的內情是否清楚的人權團體……」

「可是妖怪沒人權吧？」

畢竟不是人。

「嗯。如同剛才黑所說的，在國際社會上，反妖怪派依舊壓倒性地多。但有人贊同，必然也有人反對。只看日本國內的話，這類妖怪保育團體或許只是極少數，但由全球看來，總數就相當可觀了。」

「這群人自稱是Yokai Salvage Boat（妖怪打撈船）。」高橋說。

「為什麼是Boat？」

「誰知道？或許是因為是搭船來的吧。」

「總之，外國組成了這樣的團體，陸陸續續來到日本，和日本國內的同志們會合。」

「他們這麼做很危險啊。」平山插嘴：「在瘋狂排妖的日本公然擁護妖怪會成為攻擊對象。剛才荒俣先生還開了機器人出來戰鬥咧。」

「原來那是荒俣先生嗎！」東驚訝地喊。

「聽說就是他，對吧？小黑。不過他是開機器人所以不怕，沒開機器人又公然擁護妖怪

註45：意為妖怪日本，由日本政府提出的「COOL JAPAN」政策變化而來。

的話……」

「先不論Yokai Salvage Boat這個團體，至少在拯救邪神這件事上……」東指著黑身上，說：「他們宣稱邪神『不是』妖怪，努力推動請人們認明邪神與妖怪差異的運動。」

「呃……」

「這種運動的確讓人不知該如何回應是好，但他們每個人都很認真喔。這群同好們聚集起來，但問題來了，他們並不明白邪神究竟在哪？」

這很正常。

並非世界上所有人都知道黑的住址。不，萬一被知道可就糟了。不僅如此，他們也不清楚邪神攀附的人就是黑；就算明白，恐怕也不清楚黑史郎是個什麼人物；即使知道，也還是不知道住址。

「繞了一大圈之後，這件事傳入撰寫克蘇魯類作品的作家們耳裡，同好們從作家們口中得知黑史郎這個名字，也得知發推文者是黑木和松村……雖然這些事我們早就知道。而說起黑、黑木、松村，自然會聯想到ＦＫＢ，於是……」

「我？」平山問。

「是的，自然而然會找上平山先生。然而，也沒人知道平山先生住在哪？這時又想，如果拜託京極先生總能聯絡上了吧？問題是，京極先生幾天前就失蹤了。」

「失蹤了？」

「聽說他也遭到襲擊。」東說。

「什麼?他被襲擊?」

「放心。」天野說:「聽說他平安逃走了,和村上先生與多田先生們一起隱居在富士山麓,水木老師的別墅那裡。」

「喔喔……」

「聽伊藤潤二先生說,像是伊藤先生的夫人妖怪畫家石黑亞矢子等相當多妖怪相關人士都躲藏在那兒。石黑小姐說妖怪推進委員會的成員們差點被人活活燒死呢。」

「真的假的!」

「總之因為這個因素,京極先生現在也不能出來活動。於是和雙方都有交流的《幽》前總編——本人在下我就被選為使者了。這就是整件事的來龍去脈。」

「在這個過程中,我和菊地老師也被找來幫忙。因為只有我一直乖乖躲在家中,其他老師大多去向不明了。」

大家都隱居起來了吧。

「所以外面那兩個真的是青蛙和圓城夫婦嗎?」

「我們請圓城先生擔任對美外交窗口。」

「好,我懂了。」

平山站起來。

「雖然還是一大堆事不怎麼明白，總之我懂了。簡單說，外頭的傢伙們是小黑頭上怪物的熱情粉絲，是為了拯救這隻章魚邪神，從世界各地聚集而來，腦子少了根螺絲的傢伙們，這樣說應該沒錯吧？」

「最後一句姑且不論，大致是如此沒錯。」

「但問題來了，他們接下來打算怎麼做？一群人圍繞在這裡守望我們？對我們熱情眼神當禮物？就這麼一直看下去？重點是他們到底有多少人啊？」

「大概有兩千人左右吧。」

「兩……啥？」

「兩千人。光來日本的外國人就有七、八百個，加上國內超過一千人的同志，也有和克蘇魯無關的人，林林總總加起來大概就這個數目吧。」

「兩千？全部都在外面？」

「不，沒記錯的話，來這裡的大概只有五百人左右。對嗎？」

「一開始只有三百人，都是些無論如何都想膜拜實體邪神的信徒。」

「呃……」

要膜拜這個喔？

「因此我才被派來商量啊。黑，你打算一直待在這裡嗎？」東說。

「一直待在這裡的話……會死吧。不只會餓死。也會拉肚子，拉到脫水而死。」

「其他人呢?有什麼對策嗎?」

「他們雖然沒打算看我拉肚子拉到死,但也沒什麼好法子。又不敢出門,只好留在我家一起和樂融融。」

「既然如此,和我們一起出去吧。」東說。

「出去?去外頭?」

「是的。」

「可是他現在這樣耶?」

平山努起下巴指著黑說。

「就是要他這樣出去。有兩千人真心想守護這尊邪神呢,而且有一半是外國人。膽敢隨便對他們動手的話,會演變成國際問題。這些人並沒有做壞事,所以警察或自衛隊也不敢動他們。至於那些激進的妖怪反對派,諒他們也不敢隨便對兩千人動手吧。」

「好,決定了。」

平山輕快地說。他似乎心情變得很好,愉快地笑了。

「走吧走吧,只要能確保小黑沒事就好。離開這裡的話也比較不綁手綁腳。好,該走人了。」

就在平山拍手催促眾人動身時——

水沫流人總算將咖啡端了出來。

拾玖

怪談蒐集家進行突擊

「荒俣先生沒事吧？」

湯本豪一擔憂地說。

「由電視的反應看來，我們的策略算是成功，但外頭仍留有不少群眾。而且那架學天則……」

「它叫學天則巨神。」平太郎訂正後，說：「真正的學天則……或者該說，學天則的本體仍在原處啊。」

是的。

學天則和方才相同，仍留在原本安放的位置。

人們看到的只是付喪神，器物實際上並沒有跟著移動。

只是，如果人們身在器物旁，會「難以看見」原本的器物。在他們眼裡，就彷彿器物本身動了起來一般。當付喪神離開一段距離後就能看見器物。即使遠離的付喪神消失不見，器物仍舊會留在原本的位置上。從一開始就留在原地。動也不動。畢竟只是器物。

「好吧，巨神就巨神。那架學天則巨神說穿了只是幻覺吧？實際上是手無寸鐵的荒俣老師以彷彿要去澡堂洗澡般輕鬆態度，穿過成群結黨的暴徒中間。」

「雖然目前還沒被看破。」香川雅信眉梢垂成八字形，說：「真令人擔心。萬一有人發現真相就完了。」

「沒錯。況且我們對那個幻覺——雖然嚴格說來不是幻覺——學天則……巨神能維持多久，是否會隨時間經過消失，是否與本體的距離有關也不清楚。」

的確如此。

假如付喪神有活動時間限制的話，荒俁就危險了。

但平太郎想，那不是自然界的「事物」，不會有所謂能量消耗後消失的問題。那只是器物，不像生物的靈魂和肉體——這個情況下是器物本體——之間緊密相連。換句話說，學天則身上沒有彩色計時器，也沒有臍帶電纜。因此，何時見好就收完全取決於荒俁。

「荒俁老師不會有事的。」山田老先生說：「現在只能如此相信了。更重要的是，協助搬運文物的救兵真的會來嗎？」

「有求援了。」

岡田來電的時機恰到好處。

防災牆升起，荒俁出外，到牆再度關上的短暫期間內手機能通。平太郎們打電話求援，但不知道該打給誰才好，試著撥了幾通電話都沒接通，就在快放棄的時候，岡田的電話正好打來。

「但他們似乎也受到襲擊，拖著一條老命勉強避難成功，能幫上多少忙還很難說。敵人全副武裝，我方則手無寸鐵，不僅稱不上游擊隊，根本是殘兵敗將……僅是一群弱小的妖怪

迷。」

「不過，收藏在此的物品的付喪神已經追隨學天則離去，敵人不知道我們還在這裡，照理說不會再對此展開激烈攻擊……但還是小心為上。」

「但我們被逼近死胡同的情況依舊沒變啊，山田先生。早知道就趁著荒俣先生離開的混亂場面順便逃離。」

「那可不行。」湯本說：「怎能拋下妖怪資料一走了之呢？」

「不，我的意思是我們人先走，確保自身安全後再伺機回收，這樣比較實際。」

「誰知道之後我們是否還有機會回來？」

「您這麼說是沒錯，但我們現在繼續守在這裡也沒轍啊。現在就算救兵趕來，我們也不知道他們來了。」

現在已收不到手機訊號了。

「看電視就知道了吧？」

「山田先生，您這話並不正確。」

「哪裡不正確？電視不是正在播嗎？」

「您想想，荒俣先生是為了什麼才抱著必死決心出去的？」

「當然是要把那些暴徒和圍觀群眾以及ＹＡＴ……」

「是的，為了吸引他們的注意。如湯本先生所言，計畫成功了。ＮＪＭ那群人幾乎都跟著學天則巨神離開，現場也只剩下寥寥可數的圍觀群眾。YAT預定突襲公寓的時間早就過了，而自衛隊恐怕也跟隨學天則巨神的方向離去。因此，東京都政府原訂淨化這棟公寓的計畫恐怕是取消了吧。當然，我們還是得保持警覺。」

「那樣有啥不好？」

「並不好。現在電視偶爾會拍到這棟公寓。機動隊也仍留在這附近，恐怕和試圖逮捕學天則巨神的不同單位吧。畢竟另一邊已經離開，現在在馬路上。」

「公家單位就是各自為政。但只要我們不行動，留守在此的機動隊不久也會離開吧？平太郎。他們本來就不是為了監視這間公寓才出動，而是為了鎮壓暴動才被派遣來的。暴徒離去的話，他們的任務也結束了。」

「是的，應該會離去。我個人也很希望他們快點離開。」

「既然如此，那我哪裡有說錯？」

「問題是，要怎麼知道他們是否離去呢？」

「看電視就知道啊。」

「呃，山田先生。就算救援真的會來，也會等機動隊離開後才登場。照理說……」

「照理說怎樣？」

「正常說來，救援會等電視轉播結束後才現身，對吧？」

「是……是這樣嗎？」

「理所當然吧。假如一輛卡車停在公寓門口，一件件文物被搬上車的情景透過電視全國轉播的話，先前的努力不就白費功夫了？荒俣先生抱著覺悟的行動將會徹底以失敗告終。暴徒立刻折返，YAT也會馬上趕來。這堆文化財、我們以及救援者們都會被秒殺喔。」

「對喔，的確如此。」山田老先生拍了一下自己額頭。

「轉播重心接下來應該會放在學天則巨神那邊。公寓這裡雖然可能偶爾還是會上鏡頭，但應該不會一直即時轉播。救援團要來也是趁這個空檔來。這時，我們該怎麼知道救援來了？他們不可能光明正大地來啊。」

「唔……」

「不只如此，我們現在為了方便搬出，先把貨物搬到入口大廳了。萬一，我是說萬一，妖怪推進委員會真的派直升機來的話，該怎麼辦？直升機會從頂樓來，雖然我們只搬了一半，難道還要重新搬上頂樓嗎？等救援隊到了之後再搬？」

「唔唔……」

「我剛剛雖然說『到了之後』，但問題是現在我們連救兵是否到了都不曉得。說不定這個瞬間他們人已經來頂樓，但我們無從得知。救援隊只能在頂樓急得像熱鍋上的螞蟻。一旦被人發現頂樓有直升機，您想會怎樣呢？電視台會馬上轉播出去。如此一來會有怎樣下場？不就和直接出去一樣？為了救援成功，我們不能拖拖拉拉，必須迅速行動。想迅速搬運貨物迅速離開這裡，維持聯絡管道是絕對必要的。」

「一旦有機會逃生，突然就變得能言善道了呢，榎木津。」香川說：「不過他這番話很有道理。雖然這種狀態下升起防災牆很危險，但不和外頭聯絡更沒有活路。他說得沒錯，應該要有人趁亂出去才對。當然，要先和留守的人討論好步驟，兩邊保有某些共識。」

「但在那場混亂中，我們也沒太多時間或心思籌劃。」湯本說。

的確如此。

拖拖拉拉的話，早就被突襲，不，被注入毒氣了。毒氣的話怎麼躲也沒用，臨時想求饒也來不及。

「算了，逝者已矣。來想對策吧。」

聽香川這麼說，湯本回應：

「現在投降的話，雖然會被逮捕，總不至於被殺吧。暴徒已經離開，就算社會充滿暴戾之氣，警察也不至於直接射殺民眾吧？說不定還不會被逮捕，而是被軟禁。」

「真的嗎？」山田老先生皺起眉心，說：「很令人懷疑啊。在下實在難以拂去對政府的不信任感。現在的警察和戰前的特高警察毫無差別，甚至更糟。」

「可是，如果想和外頭聯絡，還是只能派人出去。」

「搞不好一出去立刻被掃射成蜂窩吶。」

的確能想像。

但在平太郎的想像中，被打成蜂窩的是他自己。

「會發生這種簡直像電影情節的事嗎？」香川質疑。

「其實發生過喔。之前我打工地方的上司就被警察打成蜂窩了。明明他是人質。」

「看吧。」山田老先生說：「荒俣老師如果沒化身成妖怪學天則，我們早就全滅了。把警察視為敵人比較好。」

「可是……」

為了在入口大廳也能隨時掌握資訊，平太郎房裡的電視被搬出來，擺置在研究室入口附近。畫面正映出荒俣宏——不，學天則巨神的模樣。

「不知荒俣老師現在走到哪了。不過他的速度也不可能走太快，所以恐怕還在附近吧……」

「體積如果能再大個兩圈會比較有魄力吧。但考慮到行走速度，這個大小已經是極限了。」平太郎說。

乍見會嚇軟腿，看習慣後其實也沒甚麼。現場用肉眼看的話很驚人，但透過畫面看起來卻意外地寒酸。

從電視上看來只像是電影道具。不，電影裡的機器人甚至更豪華。近年的電影道具都很精細。為了經得起銀幕鑑賞，甚至比現實的物品更具真實感。

這時。

鏡頭突然切換回棚內主播。

『抱歉插播一則重要消息。雖然突然出現的巨大機器人正朝著三鷹方向離去……仙石原都知事已經抵達現場，也就是機器人出現的公寓附近。現場情況將透過連線由記者五所川原來為我們說明。』

『這裡是現場。仙石原都知事剛才搭乘裝甲車抵達了。請看那邊，就是那輛裝甲車。知事剛才下車後，直接來到我現在所在位置。這裡是引起騷動的公寓對面的辦公大樓。知事要在本大樓設立災害應變中心。』

「哎呀。」

「不妙，是對面的大樓。人潮好不容易減少，都知事一來反而更醒目了。」

「現在才來到底是想做什麼？」

「在下對那個都知事著實沒啥好感。雖然他現在沒收賄沒盜領公款也沒亂說話，但就是討厭。雖然他沒有用公款買漫畫買豆沙饅頭或去溫泉別墅，但還是討厭。在下是東京都民，一直都有乖乖繳納稅金，也都有投票，總有批評政治人物的權利吧？在下討厭他，希望他滾開。」

「透過電視總有事不關己的錯覺，其實這個畫面就在門外呢。也許他想表明就算中途殺出個學天則，也不會放過這棟公寓吧。」

「但暴動不是已經結束了？」

「是的。與其說結束，應該說多虧荒俣先生，暴動團體跟著離去……但我們以為這樣就能轉移焦點，實在太天真了。果然如意算盤不能打得太精啊。即使能瞞過媒體或暴徒的眼睛……」

也瞞不過那個知事嗎？

「政府或許認為雖然學天則很棘手，還是得從根本處理起吧。學天則就像廚餘的惡臭，而我們則是廚餘。」

畫面繼續映出外頭景色。

『這裡是記者五所川原。據剛才得到的最新情報，都政府預定於本大樓頂樓設置杉並妖怪災害特別應變中心。重複一次。東京都宣布將於我背後的大樓頂樓設置杉並妖怪災害特別應變中心。』

『五所川原小姐，不是警察或防衛省，而是東京都的組織嗎？』

『是的，是東京都的災害應變中心。關於詳細內容，仙石原都知事將在稍候召開記者會說明。』

『好的，感謝五所川原小姐的報導。大東島先生，請問您有何看法？這表示政府對那個巨人……那架巨大機器人會採取其他應變措施嗎？』

『關於這點，由於那個疑似機器人的物體目前尚未有破壞行為，若是有，只能派出自衛隊應戰，但目前要這麼做是有困難的。必須先疏散附近居民以及圍繞機器人身邊的群眾才行。要排除暴動集團與圍觀群眾，並確保周邊居民安全，才能展開攻擊。也許應變中心就是為了處理這些問題而設置的吧。至於妖怪製造工廠……』

「不知不覺間被一口咬定為製造工廠了啊。」

「沒辦法，突然冒出這麼超越常識的巨大機器人，被這麼認為也很正常。」

「但這個大東島不是軍事專家嗎？這算軍事問題嗎？」

「似乎也被認定如此了。」

『重點在於都政府必須在確保一般市民安全後，立刻展開迅速且適當的軍事行動，接著迅速消毒除汙。後者若不徹底，妖怪很快又會冒出來。消毒與除汙是地方自治體的工作，因此這項行動需要自衛隊、警察，以及自治體三方齊心協力才能完成。』

『您說得是。災變中心就是為了統籌協調各方面才設立的吧。啊，都知事的記者會即將開始了，南長崎記者現在在頂樓現場。南長崎小姐，妳有聽到嗎？』

『是的。我是現場記者南長崎香織。我現在在設置於杉並智慧大樓頂樓的杉並妖怪災害特別應變中心前方。再過不久，仙石原都知事的記者會將要開始。啊，開始了。』

『為了因應本次妖怪災害，東京都已成立妖怪災害特別應變中心。有部分媒體報導，現在正在杉並區內移動的巨大物體為機器人，也就是一種人造物。然而，暫且不論外形，由其出現方式觀察起來，東京都政府認定此一物體並非具有質量的存在，而應視為一種妖怪。因此在方才的會議上做出必須儘速驅除此一巨大妖怪，並淨化妖怪生成公寓之結論。本中心將以疏散都民，確保其安全為第一要務，致力於保全公共設施以及個人資產、恢復治安……』

「哎呀呀……」

「果然沒那麼簡單。不，公寓這邊反而完全被當作目標了。」

香川眉頭一緊。

「學天則不是金屬製機器人，而是可視化的意念這點也被看穿了。」

說完，湯本抿住嘴巴。

「對這傢伙愈來愈討厭了。」

山田老先生的太陽穴浮現青筋。

『自衛隊會對巨大機器人展開攻擊嗎？』

『目前尚未請求自衛隊進行攻擊。在居住區、公路密集區進行物理攻擊的風險過高。中央如何判斷我們並不清楚，但由於破壞道路及兩旁的住宅的可能性極高，站在東京都的立場反而不想批准。此外，如同剛才所言，都政府目前判斷該巨大物體並非具有質量的物體。以槍械等火器進行攻擊恐怕無法奏效。目前巨大妖怪並未進行任何破壞行動，只要警察持續維持戒備，相信暫時不會有危害產生。』

『請問這是要放任不管的意思嗎？』

『不，目前ＹＡＴ正在進行驅除計畫。』

『既然是ＹＡＴ，相信是會使用化學武器，但安全性是否有疑慮？據說那種氣體近乎毒氣。』

『當然不是武器。站在東京都的立場根本不可能開發武器。不論過去、現在或未來都不可能。ＹＡＴ所使用的是妖怪驅除劑。是殺菌去汙用的，類似清潔劑。』

『對人體沒有影響嗎？』

『當然有。所以才需要準備。』

『意思是要疏散居民嗎？』

『也包括疏散的各項準備。附帶一提，驅除劑施放期間雖然有危險，待作業完成後，害蟲、害獸也會被驅除，會變成完全無菌狀態，反而能使街道潔淨。』

『靠妖怪驅除劑真的能驅除那隻巨大妖怪嗎？』

『相信沒有問題。配合巨大妖怪的行進速度，目前正迅速部署中。但比起巨大妖怪，對策小組認為優先處置對面的公寓更重要。』

「什麼！」

「榎木津，安靜。」

『原本就預定派出ＹＡＴ潛入公寓，周邊居民早已完成疏散，等各位媒體記者也疏散完畢後，就能開始作業。』

『請問具體而言是何時開始？』

『預定於十五分鐘後開始。公寓前的媒體人員已撤離完畢，等各位頂樓的媒體人員移動到安全處就可展開淨化作業。』

「喂喂喂，真的要施放毒氣吶！」

「十五分鐘啊……」香川思索對策，說：「照他們的說法，現在公寓前的記者應該都離開了……」

「照理說是這樣。」

「換句話說，鏡頭不會照到公寓前。」

「應該會從遠處用望遠鏡頭拍攝吧？」

「不，要從遠處拍攝這棟公寓的玄關恐怕並不容易。這裡也沒有燈光。若想從隔壁大樓頂部的應變中心拍攝，角度上也有困難，會被屋簷擋住。」

「那又如何？香川老師。」

「……這也許是個機會。」

香川從口袋拿出呼子石。

「平太郎。」

「啊？您叫我嗎？」

「平太郎，你現在出去一趟吧。」

「欸？YAT正準備大舉入侵耶，要我去送死嗎？」

「不，這樣下去我們一樣都會死。」香川說。

香川說得沒錯。

「我打算先打開防災牆，你拿著這顆石頭去外頭。然後——走到對面大樓後方，使用呼子的能力。」

「使用呼子的能力。」

呼子出現，站在香川身旁，複誦了他的話語。

「接著放出一些比較顯眼的妖怪。」

「放出……妖怪？怎麼放？」

「放心，如果我的預測正確，只要呼叫名字，必定會出現。」

「確定嗎？」

「確定。應該會出現的。」

「呼叫出妖怪後，接下來要怎麼辦？」

「這算是一種擾亂行動，如果連對面大樓也得整棟除汙的話，就能爭取許多時間。只要能讓應變中心暫時癱瘓，我們與文物逃離這裡的機會就能大幅增加。現在這附近的地帶可說是無人狀態。」

香川說的或許沒錯，可是……

「而且去外頭的話，也能和救兵聯絡。」

說完，香川把呼子塞到平太郎的掌心裡。

呼子消失。

「嗯，出外的話，應該是能聯絡……」

但平太郎真的能放出妖怪嗎？

平太郎握緊石頭。雖然看過很多次，像這樣握在掌心倒是頭一遭。

「對了，該呼叫什麼妖怪才好？」

「別呼叫小型的。最好呼叫極端巨大的那種。」

「巨大？例如大入道嗎？」

「不……那個在江戶時代或許算巨大，但在現代人眼裡恐怕沒什麼大不了的。沒有更大的嗎？」

「手洗鬼如何？」湯本說。

「那個不錯。手洗鬼的話比大樓更巨大呢。榎木津，就呼叫手洗鬼吧。」

「手洗鬼？是《繪本百物語》中登場的巨人嗎？但那種東西真的能呼叫出來嗎？」

「如果我的預測沒錯的話。」

「預……預測……」

預測只是預測，沒人能保證一定能成真。

「假如妖怪沒出現的話，該怎麼辦？」

「那樣的話，你就自個兒逃吧。」山田老先生說：「沒人認識你這張臉。只要宣稱自己是撤退得比較慢的記者就好，年輕人。只要能遠離這棟公寓就沒事了。」

「可是……那樣的話……」

雖不是沒想過要這麼做，但真的好嗎？

「沒關係的，在下寧可死在這裡，我已經活得夠久了，所以這樣就好。不，你們三位都該離開這裡。等各位一出去，在下就把防災牆放下。這裡的文化財……就由在下來守護。在下會好好地守護下來。荒俣老師也說過，毒瓦斯只會殺死生物，不會破壞文物。接下來就交給你們了。」

「我也留下來吧。」湯本說：「我也不年輕了。萬一逃到一半跌倒只會拖累大家。香川，平太郎，你們走吧。」

香川將略顯下垂的眼睛瞇細。

「可是……湯本老師。」

「不要緊的。你們兩個務必要活下來，把這裡的寶物搬走，無論如何都得傳承給後人。」

「不，我會拯救兩位，不會讓你們白白死在這裡。如果我的計策成功，十五分鐘後不會有毒氣攻擊發生。因此，請你們一定要在二十分鐘後打開防災牆。」香川說：「我還會回來的。在那之前我會把拯救內容和方法先確定好。只要我沒碰上不幸，一定會回來。」

「我明白了。」

湯本握住香川的手。

「如果我們還活著——絕對會在二十分鐘後打開這道門。」

「既然如此，事不宜遲。」

山田老人按下按鈕。

「現在電視一片靜悄悄。不會有人知道防災牆再度被打開的。」

「好，我們走吧。」

香川穿過半升起的防災牆，推開入口處的玻璃門。

平太郎馬上跟在後面。平太郎一出去，防災牆又開始降下。

「快，用跑的。」

香川奔跑著。

外頭天色逐漸昏暗。

公寓前空無一人。遠方已架起路障，禁止所有人進入這個區域。

「啊，遠方似乎有警察。在還沒被發現前快點。」

兩人穿越道路。

幾天沒接觸到外頭的空氣，加上飢餓與疲勞，平太郎覺得自己似乎雙腳踩在空氣中，感覺極不踏實。但是不能跌倒。拚命抬起虛浮腳步，平太郎全力狂奔。

來到應變中心所在處的大樓。

「上頭有直升機，地面一片昏暗，應該看不到我們才對，不過最近的夜間攝影機性能很好，說不定已經發現我們了，總之快點吧。」

「呃……」

「別呃了，拿出石頭吧。」

「嗯嗯。」

平太郎打開握緊的手心，呼子現身。

「手洗鬼！」

香川對著呼子大喊。

「聲……聲音不會太大嗎？」

「手洗鬼！」

「手洗鬼。」

呼子複誦的瞬間。

威武的擎天巨人出現了。

只能說——極為驚人。學天則巨神根本無可比擬。由於身高過於巨大，甚至看不見上半身。光腳掌就有大型砂石車那麼大。腳背上的剛毛跟相撲力士的大腿一樣粗。

「出……出現了！」

「我的預測沒錯吧！恰好是應變中心能看見胸部的程度。現在肯定亂成一團了。」

「地上的民眾似乎也嚇到了呢。」

遠處拒馬外傳來騷動聲。

「接下來會怎樣呢……」

「這隻手洗鬼會做什麼？破壞應變中心？」

「不，牠只會洗手吧？」香川說。

說得也是，手洗鬼就是這樣的妖怪。

手洗鬼腳部開始使力，多半是想彎腰吧。雖然彎下來也沒水讓牠洗。

「對對策本部的人來說，這個動作應該很像企圖要攻擊吧。足夠擾亂他們一陣子了。榎木津，別發愣，快點聯絡救援隊啊。」

「啊，對喔。」

平太郎取出手機的時候。

「咦？」

抬頭看上方的香川發現情況不對勁。

「那架直升機很奇怪……那是民用的直升機耶。行動很詭異，被探照燈鎖定了。慢著，機上似乎有人用擴音器在喊著什麼。」

「啊？」

『危害這個世間的並非妖怪……元凶乃是仙石原都知事……吾等要替天行道……對這隻借用人類形體的妖魔……』

「怎怎怎怎麼了？」

「這個人的聲音似乎在哪聽過。」

『外道照身（註46）！顯而易見地，位於該處的都知事並非人類，為了日本與怪談和妖怪的未來，犧牲吾之性命也在所不惜，受我木原一擊吧～！』

「木……木原？難道是那位木原先生？」

「啊，有人跳下直升機了！」

手洗鬼為了洗手，開始彎下上半身。在探照燈光線中，隱約可見一道從盤旋在手洗鬼上方的直升機跳下的人影。

這幅景象一點也不像現實世界的光景。

「木……木原？是那位木原浩勝先生嗎？」

「不知道，但聲音和說話方式很像。」

應該沒錯。雖然很小，從一閃而過的人影與體型看來，明顯就是怪談《新耳袋》催生者之一的木原浩勝本人。

「從直升機跳傘降落的人，真的是那位木原先生？」

註46：全名為「外道照身靈波光線」，為特攝影集《光之戰士 鑽石眼》主角的必殺技，能使變化成人類的前世怪人現出原形。

香川彷彿博多仁和加面具般垂下眉梢，仰望夜空。

探照燈在空中形成一道光柱，黑色直升機黑壓壓的機影與閃亮的紅色燈誌，彷彿電影中二戰德國的黑夜一般。巨大的手洗鬼已彎下腰，逐漸能看見牠的臉部。

果然——

宛如世界末日般的景象。

「上頭不知道發生什麼事了。」

頂樓的特別應變中心傳來陣陣喧鬧與混亂聲。想必陷入一團亂了吧。

並不意外。

甚至可說理所當然。一邊是雖然沒進擊，卻突然現身的巨人，另一邊則是雖非遊騎兵部隊，卻從直升機空降的戰士，此種狀況實在難以不亂了方寸。

此外，應變中心是為了因應災變而成立，並非前線基地。和運動會的實行委員會本部沒多大差別，理所當然不會有武器。但人在現場反而難以掌握狀況，看電視說不定還比較清楚點。

「太容易受到突發事件影響是無法完成任務的喔，平太郎。立刻聯絡富士山麓的郡司先生，決定救援流程吧。距離防災牆再次開啟只剩十分鐘左右，別瑣碎討論能否辦到的問題，直接將今後的聯絡時間和流程表訂出來吧。」

香川迅速說完後，瞥了一眼站在平太郎身邊的呼子，說：

「既然事情已到這步田地，只好更乾脆地展開大混亂聲東擊西作戰了。」

「大……大混亂？」

「平太郎，待會我一開口你就躲進暗處。例如柱子背後。」

「咦？」

不明白香川的用意。雖不明白，但也只能照辦，平太郎邊操作手機，等待時機。香川深吸一口氣，對呼子大喊：

「接下來是名為《百鬼夜行繪卷》的繪卷裡的妖怪全部！」

不愧是策展人，正確說出繪卷名稱。

「《百鬼夜行繪卷》──的妖怪。」

呼子跟著複誦。

「快點聯絡，我們的位置會被發現的。」

「咦？咦？」

平太郎立刻躲進柱子背後。

呼子也緊跟在後。

她與石頭的距離似乎是固定的。

香川也縮著身體躲起來。

出現了。

是沒有咚隆咚隆的效果音反而覺得不自然的程度。

有高舉直立旗或纏旗的鬼、毛茸茸的獸人、法器或樂器的付喪神、身上長滿角的大型惡鬼、蔬菜鬼怪、器物鬼怪、貓妖、狸妖、狐妖、河童、異獸、大臉女官、一目小僧、軟啪啪的紅色團塊、大得像牛的青蛙拉著的牛車與從車上露出天狗般長鼻的大臉、生有嘴喙的妖怪、長爪妖怪、長頸妖怪、多眼妖怪……過多與缺損、融合與異化、擬人化與戲畫化的鬼怪大遊行。

平太郎差點忍不住大喊：「久等了！」

這才是……妖怪。

有些熟悉，有些不熟悉。

百鬼夜行繪卷之中含有各系統的妖怪，各自成立年代不同，畫入繪卷時有被添筆，有被省略，多有異同。香川有參加以小松和彥老師為中心展開的百鬼夜行繪卷成立與變遷的研究計畫。他本人正是那幅作為失落環節的繪卷的發現者。

現在登場的鬼怪——

恐怕是完完整整的大全集吧。這實在太驚人，太壯觀了。妖怪迷若親眼看見這幅情景肯定會興奮得失神。不只栩栩如生，還相當3D立體。有些形狀較含糊，多半是平太郎不認識的鬼怪吧。

——我比較想知道那些不熟的妖怪的形狀啊。

「你怎麼看呆了？」

香川催促。平太郎趕緊打電話。時間所剩不多。

電話鈴響兩聲後，岡田接起電話。

「岡岡岡……岡田先生！」

『冷靜一點，平太郎，發生什麼事了？我們這邊完全掌握不到狀況。剛看到轉播嚇了一大跳。』

「我也無法掌握狀況啊。不過放出妖怪的是我們。」

『那木原先生呢？』

「他和我們無關。我打電話來是要討論救援的事。」

『郡司先生正在安排，但還需要時間。』

「花花花……花時間是沒關係，呃呃，該說什麼才好……對了，為了聯絡必須外出，所以那個，呃……時間表，那個……迅速完成任務……」

『冷靜。你想說必須由你們那邊進行聯絡是吧？很抱歉，我們沒辦法派直升機，頂多只能派搬家公司的卡車過去，至於抵達時間……目前尚無法確定，能請你們再多躲一天嗎？』

「一天而已的話應該還行。我們這邊還剩一點餿飯，甜麵包被我吃掉了。那麼……呃，該怎麼辦……」

『總之你先冷靜下來。郡司先生，要怎麼辦呢？』

岡田摀住話筒，和郡司討論。如果有機會得救，就算多等一、二天也不是問題。就算廁所沒辦法沖水也不是問題。反正廁所很多，滿了就換一個，可說是拋棄式廁所。不管如何，一旦知道有機會得救，心情整個雀躍起來。

因為到剛才為止，除了死亡以外沒別的選項。

『那麼明天早上……上午十一點前後請保持能通訊狀態。我們會在那之前決定好計畫，用郵件方式傳送給你。』

「好的。」

這是只要能連上網路立刻能收到訊息的好方法。這樣的話，只消把頂樓防災牆打開一點點，把手機伸出去即可。

「岡岡岡……岡田先生，謝謝你！」

「平太郎！不準備回去不行了。」

「嗯嗯，幫我跟大……大家問好，謝謝大家！」

「好了啦，又不是偶像巡迴演唱會最後一天的謝幕。防災牆一打開就要全力奔跑喔。」

「好……好的。」

「走吧。」簡短說完，香川從柱子背後迅速躍出，平太郎也急忙跟上。來到馬路前，香川伸手制止。

意思是要他停下腳步。平太郎緊急煞車，差點跌倒，趕忙壓低身子，觀察道路另一側的公寓。

防災牆尚未升起。剛才釋放出的百鬼夜行不知為何，朝著和荒俣相同方向離開，隊列前頭已抵達拒馬並穿越了。並未引發戰鬥，只聽見哀號或怒吼。

與其說騷動，更近乎恐懼。不對——

……應該是覺得噁心吧。

能感受到群眾們對鬼怪避之唯恐不及的心態。圍觀群眾尖叫竄逃，連機動隊也退避三舍。不只不阻擋，還連連後退讓出道路來，拚命地想遠離鬼怪。

相對地，鬼怪則輕鬆漫步而行，沒把人類當一回事……不，是根本不放在眼裡。連鬼怪撲滅者也歇斯底里地尖聲怒吼，但還是只敢在遠處叫囂，不斷後退。

並不奇怪，這簡直是妖怪全明星登場。

他們頂多能殺死人，卻殺不死鬼怪。

對牠們無可奈何，只能作嘔。

這時，一隻巨大的手也伸了下來。是手洗鬼。這時圍起拒馬的機動隊和圍觀群眾早已作鳥獸散。守護另一側拒馬的機動隊隊形也被衝散。

「根本潰不成軍呢，警察隊。」

「沒辦法，手槍對鬼怪無可奈何啊。」

這件事打從一開始就知道了。武裝只為了對抗暴徒或恐嚇平太郎這些人。不，仔細一想，連自衛隊的火力或ＹＡＴ的殺菌毒氣也對妖怪沒用吧。會被殺死的只有人類。

不，更正確來說，會被殺死的只有平太郎他們。

「山田先生……真的還記得嗎？」

「僅僅二十分鐘前的事，沒那麼健忘吧。」

「呃，可是他老人家年紀大了，也許短期記憶……」

「短期記憶。」

「啊。」

忘記呼子石了。

「我把石頭收好。」

雖然不至於拖累別人，盡量不引人注意比較好。鬼怪不會死，但平太郎和香川若被子彈打中可就死定了。即使和人群有段距離，步槍一樣能輕易命中他們。

平太郎握住石頭，呼子消失了。

在他想收進口袋時，香川突然要他等一下。

「既然如此，就順便吧。」

香川用食指將滑下的眼鏡推起，對呼子略顯自暴自棄地呼喊。

「呃……繪卷的塗壁，大首，赤舌！」

「塗壁，大首，赤舌。」

「咦？」

這時，防災牆升起了。

「快跑！」

平太郎將石頭與手機——這是他們的生命線——緊緊握在手裡，全力奔跑。

瞬間，一隻形似狛犬、足以擋住道路的巨大三眼怪獸湧現，一頭從大樓縫隙張開嘴、伸長舌頭的紅色野獸浮現，一張大得足以遮蔽天空、品味低俗的女人頭顱在空中顯現。

廿

百鬼百怪，朝大翁之處前進

「怎麼有人跳傘？」及川一臉困惑地說：「是自己人嗎？」

「雖然對我們而言，比起有人跳傘，突然現身的巨人更驚奇。不過對隱居在此的妖怪迷來說，應該沒什麼吧。」

傻眼的綾辻面帶苦笑地說。

貫井也一樣露出苦笑，問：「那究竟是什麼？」

郡司和剛剛趕來的村上不假思索異口同聲回答：

「是手洗鬼。」

「原來是常識啊。」

「沒有啦，哈哈。」

郡司靦腆地笑了。一點也不適合他。況且這也不是該靦腆的情況吧。

「話說回來，總覺得那個空降的人似曾相識……他是誰啊？」

「是木原。」京極回答。

「咦？」

「那個人是木原浩勝，錯不了。和他是老交情的我不可能看錯。」

「不不不。」村上搖頭，說：「這不可能吧？又不是特種部隊或突擊隊，木原先生不是武鬥派吧？」

「不，他是。他最愛跟人戰了。」

「但那只是動嘴，而不是動手動腳啊。」

「呃……」似田貝嘴巴微張，有氣無力地說：「那個人……的確很像是木原先生。嗯，一定是他。」

「真的假的？」

「木原先生的話我不可能認錯。唔哇，這可不得了啊。」

的確很不得了。只是對雷歐而言，到底哪裡不得了不是很清楚。

「等等，記者似乎在說什麼。」

攝影師也在奔跑，手持攝影機的鏡頭劇烈晃動。大概是原本要和記者去避難，臨時發生事件又匆忙跑回。

『不……不得了了。就在剛剛，有武裝分子搭乘民用直升機降落到妖怪災害特別應變中心！』

『那似乎是民用直升機，所以應該不是妖怪驅除作戰之一環。武裝分子降落時似乎作過什麼聲明，有聽清楚他說了什麼嗎？』

『我們依照指示移動到安全處，所以沒聽清楚……是巨人！太驚人了，是巨人！呀啊～！』

『很危險請遠離一點！啊，要播放……那個影像嗎？那是頂樓採訪團隊拍攝的影像嗎？要播放嗎？』

畫面從攝影棚切換到頂樓影像。晃動嚴重，畫質也很糟。底下的文字跑馬燈寫著「現正播出的影像以手機拍攝，畫質不佳，敬請見諒」。

什麼也看不清楚。

只聽到有人大聲呼喊。

『危害這個世間的……』

『並非妖怪……』

『仙石原……』

『借用人類形體……』

『替天行道……』

「替……替天行道？」

『外道照身……』

「鑽……鑽石眼嗎？」

「他怎麼了？怎麼在唸類似《桃太郎武士》（註47）的台詞。」

「不，那是《大江戶搜查網》（註48）。」京極說：「『犧牲吾之性命也在所不惜』來自隱密同心的訓條。」

雷歐想，是哪一部並不重要。

畫面逐漸穩定，鏡頭照到一名穿迷彩服、長髮、個頭矮小的男人。

男人手持擴聲器大聲呼喊後從直升機上降落。畫面這時又反轉、旋轉，變得模糊不清，很快又切回棚內主播。

『受我木原一擊吧～！』

『這……他是想攻擊都知事嗎？這可以直接視為恐怖分子了吧？』

『他剛才說「為了日本與怪談和妖怪的未來」，肯定擺脫不了干係吧。怎看都像精神有問題……仙石原知事很久沒出現在公共場所，也許等這個機會很久了。』

『雖然很令人在意……啊，頂樓的攝影機似乎裝設好了。南長崎小姐，妳沒事吧？頂樓的南長崎小姐。』

訊號接通了，記者卻沒回應。

不，是連身影都消失了。

『請問現在狀況如何？』

註47：山手樹一郎的時代小說。後改編為電影及時代劇。

註48：東京電視台製作，於1970年起播映的時代劇。隱密同心為《大江戶搜查網》主角所屬的密探組織。

只聽到尖叫和怒吼的聲音。

接著，攝影機猛然橫移，電視畫面映出的是——

背上仍掛著降落傘、類似澤田研二演唱〈TOKIO〉時的舞台裝扮的木原浩勝全力將長槍刺出的模樣。

他的槍頭對準了仙石原知事……

尖端深深刺進知事的左眼。

「大……大事不好啦！」

「這在各種意義下都很不妙啊。」

『現出原形吧！讓世人看清你是個危害世間的惡鬼！然後毀滅吧，外道！』

「木……木原先生……」

似田貝似乎嚇軟腿，一屁股跌坐在地。

「他……他這麼做應該無法挽回了吧？」

「說什麼挽回，你真的不懂耶，似田貝。故意選擇這種自殺式攻擊，表示他早就有所覺悟。」

「可是真的刺進去了啊。」

「嗯，是刺進去了。」

「這算殺人吧？」及川害怕地說。

「令人在意的是……他說『現出原形』。聽說不少人懷疑這個都知事。小野小姐似乎也說過這種話？」京極問。

「算是吧。」綾辻含糊地回答：「雖然我也不太清楚她是什麼意思。也許只是比喻。」

「加門小姐她們也說過都知事不是人。」

「木原先生恐怕也察覺這點了。」

「不管如何，他犯下殺人行為了。」

畫面立刻切換。

公開處刑般的情景被即時轉播可說前所未聞——當前風氣下，只要有殘酷場景一律刪除，不可違背善良風俗。色情、殘酷或無厘頭笑鬧基本上也全面排除。

「主播也很讓人傷腦筋哩。」

既不實況報導也不解說，連播報也不做，就只是拚命尖叫個不停。不小心讓那畫面播出了。畢竟那種情況下也無法停止轉播。

「怎麼沒有特勤人員保護？」

「都知事算是重要人物，那種情況下就算沒特勤人員隨行，也該要有警備人員吧。」

「也許連警備人員也打倒了。」

「木原先生耶？他有那麼強悍嗎？」

「緊急情況下不是不可能。被人奇襲來不及反應吧。」

「用長槍嗎？那個應該是長槍吧？」

「為什麼要用長槍？」

眾人七嘴八舌地發表各自的意見。

雷歐這時才驚覺事情鬧大了，卻依然缺乏真實感，彷彿在看電影一般。幾天前雷歐自己也被綁住，差點被燒死，但包括自己的體驗，一切都好像虛構故事一般。

木原的行動在現實中基本上不可能發生，但在電影、戲劇、動畫、漫畫或小說中卻司空見慣。在故事之中，那種狀況多半是打倒壞蛋，可喜可賀的場面。然而現實並沒有如此簡單。

就是沒那麼簡單，所以才說事情鬧大了。

如果是恐怖電影的話，就算發生大量慘死事件，主角群往往有六成機率能活下來。對於趕到現場的警察，主角們究竟是怎麼說明的？如果說現場死者都是被鬼怪殺死的，肯定不會被採信吧？倖存者正常會染上嫌疑，難以洗刷。如果殺人犯是《德州電鋸殺人狂》的「皮臉」，因為是人類，還能以正當防衛來脫罪，但如果是《十三號星期五》的「傑森」就不行了。因為他就算被打倒也不會死。一旦死了又會消滅。於是在故事邁向終局時，犯人和犯人的屍體都將消失於無形。

如此一來，倖存者必然會被問罪。

倘若加害者是超自然的存在，主角們的嫌疑恐怕跳到黃河也洗不清吧。用犯人被惡靈奪走肉體，或死者被邪靈附身當作理由根本行不通。不管是被魔物附身還是被外星人控制，人就是人，不管對方是否為殺人魔，殺了他就是犯下殺人行為。在如此瘋狂的狀況下，正當防衛是否能成立還有待商榷。

而現在在頂樓發生的，其實就是這麼一回事。

就算都知事的真面目不是人類，一旦殺死了，就只是殺人。而且那個情景被轉播到全國，完全沒辦法開脫。

雖然……

在殺人現場旁有個超乎常識的巨人，而稍早前才剛拍攝到巨型機器人昂首闊步的模樣。

現在不管什麼狀況都顯得難以置信。

雷歐這時在腦中模糊地想起一件事……

在大映電影製作的舊版《妖怪大戰爭》中，為了攻擊巨大化的吸血戴蒙，偷油怪抓著紙傘怪的腳，靠著鴉天狗用羽扇煽起的強風一飛衝天，將手上的拐杖刺入戴蒙的眼裡。

——總覺得這兩個場景很相似。

雖然也覺得是自己多心了。

「不覺得這很像《妖怪大戰爭》的場景嗎？」及川說。

果然也有人這麼認為。

「現在狀況沒那麼輕鬆吧？」

郡司說完瞬間，畫面切換。

『妖……妖……妖……』

已經沒在播報。

主播根本只是在看轉播畫面。

「啊……是百鬼夜行。」

及川傻眼地說。

「真的假的！」

村上睜大雙眼，身體前傾。

電視上映出栩栩如生的百鬼夜行。和人類扮演的不同，妖怪們的身材大小不同於人類。有的大了些，有的則是格外嬌小，也有的在空中飛行。

『是妖怪。是一整群的妖怪！』

『為了對抗ＹＡＴ，妖怪方也決定徹底抗戰了嗎，多麼可怕啊。』

『那裡果然是製造工廠。』

現在被這麼說根本無法反駁。

實際上真的產出了大量妖怪。

『有大量妖怪登場了。』

『應該是從那間公寓湧現的吧？』

『在這個節骨眼湧現，只能做如此想了。包括巨人，八成是為了配合恐怖行動的破壞活動，應該錯不了。』

『這數量太驚人了，看起來不下百隻呢。』

「嗯～因為是百鬼夜行啊。」

「鬼怪的單位是隻嗎？」

「如果是家具的量詞應該是『一座』或『一張』。」

「難道櫃子的付喪神要用一座嗎？應該是一名吧。」

狀況明明緊迫，這群妖怪迷的反應為何總是如此悠哉呢？肯定是因為都是笨蛋的緣故。

『話說回來，大東島先生，這段影像能放映嗎？應該不至於透過電波害一般家庭沾染穢氣吧？』

『雖然一般而言絕對不可能，不過畢竟是妖怪，小心一點比較好，萬一真的能傳染穢氣就麻煩了。然而這樁大事不轉播也說不過去。』

『為防萬一，請各位觀眾收看時務必離電視畫面遠一點喔。』

「這個主播究竟在說什麼？」

「單純想在被抗議時卸責而已吧。」

「話說回來，這些也是荒俣先生做出來的嗎？這麼高調的話，會害我們根本無法去營救的。」

郡司皺眉說。這時，隔壁房間的手機鈴響。

「是平太郎打來的！」

岡田探頭說，立刻又縮回去接聽電話。

動作真迅速。

「那些鬼怪是平太郎們放出來的？怎麼辦到的？那個笨蛋太得意忘形了吧。」

「居然連這種東西都能放出來。」貫井佩服地說：「簡直像是幻術。」

「是不是他們做的還很難說。不管如何，現在又發生木原的問題，要去搭救恐怕……」

「不，也許意外地有幫助喔。」

京極說。

這時，岡田又探出頭來。

「請問……」

「直升機不可能。我有調到一輛貨車，但沒人能幫忙搬運，正在透過特殊管道斡旋。不確定今天內能否得到回音。就算有回音，恐怕也要明天中午以後才能抵達。就算抵現場附近，視情況也隨時可能停止作業。」

岡田還沒發問，郡司便主動回答了。

「好，我明白了。」

岡田又縮回隔壁房內。

「唉，真的救得了嗎？」郡司說：「被這麼一搞，警察肯定不會撤退，反而會增派人手。知事被殺了，這根本無異於恐怖攻擊。現場會被封鎖，想進也進不去。」

「應該會圍起標示『KEEP OUT』的封條吧。」及川說。

「請在明天十一點前決定好。」岡田說。

「決定什麼？」

「營救的步驟。」

「慢著，不是跟你說那有困難嗎？」

郡司正想抱怨的時候。

「是木……木原先生。」

畫面是一張鬼氣森然的鬍鬚臉特寫。

『各位都被騙了。那……那個都知事不是仙石原本人！仙……仙石原很……很久以前就死了！』

「他這麼說耶。」

「木原先生……」似田貝喪氣地說：「這太糟了。他被警察包圍，背後是圍欄，死路一條了。」

「他背上還有降落傘，跳下去應該也沒事。」

「不可能的啦。我才想說怎麼不拆掉降落傘呢。就是不拆掉才會夠到東西，無路可逃。」

「就算跳下，之後也逃不了追捕吧。」

畫面中，木原把長槍槍頭對準了攝影機方向。

『所……所以，才要有人挺身而出！』

「別再無謂抵抗，乖乖投降吧。」警察用擴聲器勸告。

『各位國民！毀滅這個國家的不是妖怪，也不是怪談！不是天災地變！而是我們國民的心靈荒弛了。那個假冒成知事的怪物煽動了我們！那……那個男人的真面目是……』

怪談蒐集家說到這裡時。

畫面大大地搖晃了一下。一瞬什麼也看不清。

持續聽見劇烈聲響。

聽起來類似鞭炮，多半是槍聲吧。

畫面一瞬轉黑，又切換回攝影棚內主播。主播盯著螢幕，驚訝地張大嘴巴，整整愣了約三秒，才把臉朝向鏡頭。

『啊，呃……』

不知該說什麼才好。這是播報稿上沒有的展開。

主播含糊地為畫面不清楚向觀眾道歉，但支支吾吾，搞不清楚在說什麼。畢竟是未曾見過的槍擊場面，深深動搖也很正常。

口條低落至此，和雷歐平時也沒兩樣。

『啊，對了，恐……恐……恐怖分子被……』

「被槍決了。」似田貝說。

「應該沒錯。他受到包圍後同時被開火射擊。」

「那樣要射不中……是不可能的。」

「木原先生肯定被射成蜂窩了。」及川說：「我在現場看過吉良先生被射殺的情景，真的毫不留情。無比悽慘，比電影更慘，一瞬就殞命了。」

「被亂槍打中後，或許墜樓了。」京極說：「恐怕沒救了。」

「那棟大樓很高。」

「就算沒中槍，從頂樓墜落的話也沒救了。」

「但說不定降落傘會鉤住東西，掛在半空中啊。」

「可是他已經中槍了，就算鉤到也很慘。根本就是紅頭伯勞掛在樹梢上的剩餘食物。」

公開示眾的被處刑者。

『剛才有最新消息指出。恐怖分子射殺……恐怖分子被射殺了。』

主播吃螺絲，又重複了一次。

似田貝用右手摀著臉。怪談當年蔚為流行時，似田貝擔任過木原的責編。京極也一臉凝重地盤著手。雖然他平常就老是擺臭臉，其實沒什麼差別。他和木原是老交情，內心肯定很感慨。

「殺人現場被全國轉播的話，實在無法脫罪。」

「但是，假如木原先生所言屬實，也許能就此終結邪惡的根源吧？」及川說。

他說得沒錯。

假如像木原所說的，仙石原知事是個冒牌貨，而且是煽動社會暴虐氣氛的元凶的話，這一切烏煙瘴氣的日子將會劃下句點。

雷歐不明白為何一名冒牌貨能做到這種事。但假如這是真實，妖怪迷和怪談迷們也許將不必再為了無意義的理由躲躲藏藏。木原並沒有白白犧牲。

「所……所以是英雄吧？」雷歐跳過腦中的推論步驟，貿然說出口。

「啊？」

京極表情變得更險惡了。

「為何死了就是英雄？這是錯誤的認知。那個人往往聰明反被聰明誤，卻又過於莽撞。他肯定是忍無可忍了才出此下策。租用直升機表示整個行動具有縝密計畫，但行動過程卻又顯得自暴自棄，一點也不像木原的風格。就算真能改變世間，只有少數人會把功勞算在他頭上。賭上生命，卻獲得不了多少回報，頂多有少部分人會封他為『怪談痴』。」京極說：「不管如何，白白送命絕不是值得鼓勵的行為。」

「可是木原先生的目的達成了。」

「恐怕沒有喔。」綾辻冷靜地說。

「不可能吧？知事死了啊。」

「不……他似乎沒死呢。」

「咦？」

「仙石原知事尚未死亡。」

電視的文字跑馬燈顯示「恐怖分子被射殺，知事平安無事」。

「怎……怎麼可能平安無事，他的頭明明被刺到了。」

「左眼被長槍刺入了。」

「也許傷口不深？」

「雖然只有一瞬間，明顯深深刺進去了，而且是差點貫穿的程度。那樣居然沒死。」

「電視說他沒死，也許只是還沒死，怎麼看都是重傷。就算沒死，應該也成了植物人。」

「不，電視上是說平安無事。」京極說：「重傷不可能用『平安無事』來說明。」

「說得也是……」郡司摩娑下巴，說：「也許是刻意誤導？」

「這時候編造假新聞有什麼意義嗎？」

「用不著說什麼就足以使民眾陷入恐慌了，也許是想多少安撫民眾恐慌的情緒吧……」

「那樣做並沒有意義。」貫井說：「妖怪不斷湧現，連金色機器人、參天巨人和百鬼夜行都出來了。面對如此恐怖的狀況，說都知事沒死也沒什麼慰藉作用吧。」

「既然如此，恐怕就是平安無事吧。」京極說。

「平安無事……」

這時，主播總算恢復冷靜，開始正常地播報新聞了。

『嗯……根據剛才得到的消息，襲擊知事的是怪……怪談蒐集家，亦是作家的木原浩勝……嫌犯？不對，這算現行犯才對吧……啊，是，應該是木原浩勝嫌犯。』

「算嫌犯嗎？」

「未經逮捕也未交付檢調單位，即使人已經死了，罪狀尚未確定吧。」

「即使明顯一槍深深地刺進去了？」

『由於木原嫌犯不接受警方勸告，試圖抵抗，所以被當場射殺了。遭到襲擊的仙石原知事並無生命危險。重複一次，仙石原知事平安無事，並無生命危險。』

『這真是不幸中的大幸。大東島先生，可以請您分析現場狀況嗎？』

『這肯定是妖怪所為啊，妖怪。這名嫌犯叫做木原嗎？木原先生也是妖怪的受害者。正常人不可能做出那種事。所以他無疑是被妖怪影響了。』

『聽說他是以怪談為工作的人。』

『怪談蒐集家嗎？雖然我不清楚那究竟是何種職業，但就是因為他以這種放蕩不羈的職業為生，才會被妖怪汙染，造成精神異常吧。』

『真的是這樣呢。現場周遭湧現巨量妖怪，有傳聞說那間公寓是妖怪製造工廠，現在看來果然是事實。』

『怎麼想都是如此啊。若是事實就糟了，市民的生活會受到嚴重影響，只能將那一帶的居民全數撤離，指定為禁止進入區域。必須盡早殲滅妖怪，徹底除汙消毒，否則再也無法住人。這樣下去的話，恐怕全東京……不，全日本都會受到影響。』

『希望政府能及早拿出對策……啊，現在現場又出現一張巨……巨臉和幾隻疑似……怪獸的物體。妖怪之後竟是怪獸嗎？哎呀呀……』

切換為現場連線畫面。

「啊，是大首和赤舌。」村上感到傻眼，說：「真的什麼都有耶。我已經不吃驚了。」

「好像有隻怪物擋住道路。」

「那是塗壁喔。是那幅奇妙繪卷中收錄的。」

「塗壁？可是我記得塗壁是一種長得像水泥牆的妖怪啊。」貫井說：「我在動畫裡看過。」

「你說的是水木老師的版本。轉播中出現的則是繪卷上的版本。不確定兩者是否為同一隻怪物，只知在繪卷中，在這種模樣的圖畫旁用平假名寫著『塗壁』幾個字……」

「可是看起來並不像牆壁呢。」

但碩大的身軀的確擋住去路，明顯妨礙了通行。充滿妨礙前進、障礙物、礙事之感。圓圓胖胖的身體把道路佔得滿滿的。

但是，形狀並不像牆壁。

『這下子愈來愈棘手了，杉並區沒事吧？如此巨大的怪物真的能驅除嗎？靠自衛隊的兵力真的能與之抗衡嗎？大東島先生。』

『嗯，這是一項艱鉅的挑戰。雖然這隻外型看起來像怪獸，其實仍是妖怪。不是用通常的火力就能擊退的對象。就算這是怪獸，若照怪獸電影的發展，自衛隊通常會輸。但由於真正的怪獸從未出現過，實際輸贏還很難說。』

『所以說，如果沒有ＹＡＴ這支勁旅的話，果然還是難以處理吧？』

『是的。這些妖怪每一隻都很巨大，部分妖怪還懸浮在空中。若要噴灑藥劑，範圍勢必得擴大。如同知事剛才的說明，這種藥劑會對人體造成影響，因此不只局限於這個地帶，周邊廣範圍的居民都得去避難。問題是知事本人現在重傷，ＹＡＴ又是直屬於仙石原知事的單位，沒有他的權限無法派遣。因此……』

『關於這部分應該不用擔心。聽說等都知事做完緊急治療後，立刻會回到現場坐鎮指揮。』

『真的嗎？他的傷勢有那麼輕嗎！』

連軍事評論家也感到驚訝。

「剛剛受到那種攻擊還平安無事的話，肯定不是人吧。」村上說：「照剛才那個刺擊方式看來，連喪屍都不可能沒事。頭都差點被捅穿了呢。」

像剛才那樣被刺入，就算是喪屍也會死。

不對，喪屍本來就是死的。

「但似乎還活著。」

「都知事真的不是人嗎？」

「就是因為他不是人……」京極說：「木原才要討伐他，完全不值得驚訝。」

「所以你也認同木原先生的說法嗎？京極先生。」綾辻感到意外地問：「即使如此，也仍然沒什麼好不可思議的嗎？」

「既然知事還活著，我們只能接受他還活著的事實。這當中必定有某種理由存在，只是我們不清楚而已。知事不是人的可能性確實是有，木原會做出這種行動，想必也是堅信如此，才會付諸實行。」

雷歐想，沒有相當的信念絕對無法做出那種事。

雷歐無法相信自己，連走直線都會猶豫不決。在餐飲店點菜時也會躊躇，難以決斷。往往在點菜後又更改，結果就被抱怨。一旦被抱怨，他又會在對方開始發飆前先道歉。不只不敢賭命，連賭十圓都沒膽。只要能迴避風險，什麼都肯做。要他下跪或倒立他都肯。過度愛惜生命，甚至成了求饒達人。

「也許木原先生掌握了什麼足以確信的證據。」

「重點就是這裡。」京極豎起食指說：「無疑地，他一定掌握某種證據吧。但他明明也能預測到行動後會變成現在的狀況，所以我才說他的行動過於輕率。既然知道那個知事並非人類，只靠長槍刺殺的程度很顯然地無法殺死。若要以自我犧牲為前提，不把刺殺的成功率提高到百分之百就不行啊。」

京極表情極度苦澀。似乎比起朋友的自我犧牲，對於計畫失敗更難以忍受。總覺得……有點冷血。

雷歐光是在心中這麼想，就被京極瞪了一眼。

「木原浩勝這個人不是會因一時的激情而斷送生命的人，但若因玩弄詭計卻聰明反被聰明誤而自滅的話，倒是挺有可能。不管如何，壞心眼的傢伙不可能逞英雄。換成是郡司兄也不會逞英雄，因為他是個壞人。我很明白木原不是英雄的料，所以才更覺得不甘心。」

這算是在誇獎嗎？

「也許是什麼特殊的長槍吧？」似田貝說：「仔細一想就會覺得這個事件很奇怪。既然要實施恐怖行動，用長槍實在很詭異。沒有恐怖分子會用這種武器。也許那根長槍對化身成知事怪物有特效。聖槍之類的。」

「朗……」

「別想說朗基努斯喔。」及川阻止他。唉，雷歐變遜了，連想要寶也被搶先阻止。雖然現在也的確不合時宜。

「訊息太少，無法判斷他所想定的魔物究竟是什麼。不管如何，那種魔法道具並不存在。詛咒是文化性的事物，任何咒法都是人類編造出來的。」

「京極兄果然還是不改本色啊。」綾辻苦笑說：「可是如果魔物真的存在，有魔法道具存在也不奇怪吧？」

「如果有的話，對現在畫面中的百鬼夜行或手洗鬼或許能發揮功效。因為牠們是概念的視覺化，具有某些文化上的機制。假如設定上是會受到咒語或符咒影響的話，咒術就能對牠們發揮效果。但是那個知事並非如此……」

「嗯，看起來並不一樣。」

「不管他是什麼，他確實存在著。」

「就算不是人類……但怎麼看都是人啊，都能當上都知事了，至少不是虛幻的，是具有肉體的存在。」

「所以用一般性的物理攻擊就能殺傷。」

「也許木原先生就是這麼想的，才用長槍當作武器。」

「慢著慢著。」京極打斷眾人的推論：「就算說他不是人，也應該有幾種可能性。首先，最有可能的是這只是個比喻。和罵人衣冠禽獸或魔鬼一樣。這層意義下，知事只是個內心冷酷無情，缺乏人道思想的人物，所以能輕易殺死。」

如果只是個普通人，當然能輕易殺死吧。

「但我難以相信木原會如此判斷。因為真相若是如此，殺死他肯定不是個有效手段。不管在殺害時表現得多慷慨激昂，也無法改變日本當前的亂象。」

「我不是很清楚，但應該不會變吧。」

「自己當上殺人犯，在無可卸責的罪惡中斷送性命，雖能引起軒然大波，卻無法持續撼動人心。即使日後有人提起這件事，也頂多會被當成日本史上最凶暴的恐怖分子，這麼做可說完全划不來。」

「有正常判斷力的話，應該不會做出此一下策。」

的確如此。

「第二，有某種非人類事物假冒成知事。從民間故事中狸貓或狐狸變化成人，到科幻故事中地球外生命體變成人類面貌等等，這種情況的例子不勝枚舉，但大半都荒誕不稽，也很不切實際。著實無法想像某種個體能變化其他個體的形象。但如果不是形體直接變化，而是在別人眼裡看似如此而已的話，或許不是不可能。例如荒俣先生被看成學天則巨神就是個好例子。」

「和現在出現的妖怪一樣？」

「道理上是相同的，不過這種情況恰好相反。這個例子是表面上看來像人類，內部卻另有其人。雖然不是人。換句話說，在幻覺背後的事物如果是生物的話，或許就能殺死。」

「如果是生物的話。」

「刺殺、砍切、下毒、毒氣、拳打、腳踢、絞殺……不管用什麼手段，總是有殺死的方法。只不過這種情況下，雖然不確定那個背後的事物是什麼，透過殺死他來改變目前異常的社會——要說有可能，是有那個可能性存在。」

「京極兄的語氣彷彿在暗示其實不可能呢。」綾辻說。

「正常說來，可能性極低吧。」京極不假思索地回答：「退個一百步，假設都知事是地球外生命體等超越人類理解的事物所假冒的好了。無法相信只靠殺害一個個體就能讓社會情勢改變。而且木原還……」

失手了。

「但是，如果是這種情況，用長槍就能殺死。」

「前提是刺中那種事物。」

「明明刺進去了。」

「那只是看起來像刺進去了。」

貫井說。不愧是推理作家，領悟力很好。及川和似田貝還在發呆。

「所以說，實際的肉體並不在那裡？」

「是的，就像瞄準學天則巨神的駕駛艙開槍，也打不中荒俣先生一樣。」

「所以應該朝腹部刺出嗎？」及川做出刺槍術的動作，說：「頭部在這一帶？」

「我不是這個意思。本體體積說不定更小哩，實際如何我們根本不清楚。也許是長槍刺不到的超微小生物，也可能是流體型生物，說不定是比刀刃更硬的物體。」

「但木原應該知道吧？所以才特地選擇長槍。」

「還不是失敗了？」郡司毫不留情地說，直截了當。

「租用直升機的手續繁複，因此使用直升機奇襲應該是從一開始就預謀的。那麼，自然不可能選擇必須極近距離才能殺傷的凶器。短劍類的東西也不行，因為無法悄悄接近後再進行暗殺。這種情況下，最合理的是用步槍進行狙擊，但木原不可能雇請狙擊手。所以他只好跳傘下來自己動手。只不過他當然也弄不到手槍。正常而言辦不到。就算弄到了，他也沒開槍經驗。即使握有手槍，未經訓練的外行人意外地難以打中目標。就算目標不動也會打不中，更不用說四處竄逃的對象。」

這麼說來，的確是如此。射擊訓練中的人形標靶不會動。通常是在板子上標示靶心，以一副「快來射我」的模樣靜止不動。頂多是慢速橫向移動。但就算如此，外行人依然打不中。別說命中靶心，恐怕連命中板子都有困難。假如人形板還會不規則移動的話，幾乎無法打中吧。

因此，目標換成是人的話，肯定絕對打不中了。絕無命中的可能性。不僅如此，要在跳傘途中出手更是辦不到。會被擊落。雷歐的話絕對誤射到自己。

不對，雷歐根本連跳傘也不敢。他會怕得連跳也不敢跳。

「而弓箭或十字弓之類的也辦不到。遠距離武器不行，近距離武器也不行。能用的攻擊方式意外很少。毒藥更不行，毒氣當然也不行。而比手槍更強力的武器也不可能弄到手。」

「從天而降逼知事服毒太困難了。」

「不過毒氣呢？邊降落邊噴射的話……」

「毒氣不必對準目標發射，甚至也沒必要跳下。但這不是暗殺，而是大量屠戮。不可能只殺一個人。」

風向一個不對，無疑會牽連甚廣。

「同樣理由，爆炸物也ＮＧ。雖然這種情況下，自殺炸彈客是最確實的方法，而炸彈只要有材料，就連外行人也能製作……但木原一定不願意牽連無辜吧。」

「他唯一的目標就是仙石原。」

「因此，這樣推論下來，能用的武器非常局限。隔了一段距離也能殺傷對方的武器，只剩長槍。槍的攻擊距離比日本刀更長。就算是不鋒利的道具刀，只要把刀尖磨利，就算無法砍劈也能刺殺。」

「所以才選長槍？」

「是的。應該是以消去法來選擇的。」

「不是長槍比較好，而是只有長槍能選？」

「我認為如此。」

「但還不是失敗了？」郡司再度不客氣地說。

「與其說失敗，應該說他是某種魔物變化而成的可能性很低。那個知事擁有實體，因此應該是被附身或被竊佔身體吧。」

「惡……惡靈？」雷歐說。

「沒那種東西。」京極皺眉否定。

「毫不客氣地否定了呢。」綾辻笑著說：「京極兄自有一套什麼可能存在，什麼不可能存在的標準，但對我們這些外行很難懂啊。一般人會覺得既然妖怪都能存在，惡靈自然也存在。」

「不，我的標準很簡單。現在被稱為妖怪的是一種可視化的概念。當中的原理為何先暫且不論，總之這種現象實際發生了。假如惡靈這個概念能被看見的話，那就存在，但惡靈附身又是另一回事。否則就會變成連靈魂也存在。」

「靈魂不存在嗎？」

「目前沒有證據能證明靈魂存在。相反地，能導向不存在的證據卻非常多。多如牛毛，多如繁星，堆積如山，俯拾即是。只不過，要證明其不存在一樣不容易。另一方面，若能提出靈魂存在的證據就能終結這個爭論，卻也辦不到。即使現在天天上演各種顛覆常識的現象，依然無法證明鬼魂存在啊。現在發生的各種跡象無一能成為靈魂存在的佐證，反而更像是在否定。」

「可是我聽說鬼魂消失了。」

「那種現象只能當成是靈魂是心靈的表徵，亦是一種文化性裝置的佐證，卻不能證明靈魂的存在。」

「所以是什麼附身在知事身上？」

「我也不明白。」京極說：「木原聲稱『那種事物』把日本攪得一團亂。假如相信他這番話，就應該是具有那種功能的事物，如此一來，『那種事物』就不會是在自然界存在的一般事物。雖然我不想用這個詞，換句話說，那是一種超自然的事物或超科學的存在。附帶一提，一般被稱為超自然（Supernatural）的事物往往只是被加上反自然的解釋，並非真正的超自然。」

「你這個人真的不改本色呢。」

「虛構作品裡常見某某星人、某某改造人或魔法師奪取他人肉體的劇情。雖然改造人為何竟然也能做到這種事著實令人費解，但修卡怪人或杜爾凱魔人不是都有能奪取他人肉體加以控制的能力嗎？被外星人奪取的話，會出現黑眼圈，打光也會變綠色，也許知事身上會有類似的特徵吧。」

「所以說，肉體本身屬於仙石原的嗎？既然如此，應該就殺得死吧。」郡司說。

「嗯，這樣的話的確能殺。」村上附和，接著問：「但本體又是什麼？」

「如果是特攝片，這種情況下會顯現真身。一旦所佔有的肉體滅亡的話，本體就會一躍而出。」

「然後被英雄們解決。」

「也許木原就是希望能有這種展開吧。」京極說：「他的行動是以電視轉播為前提。只要用長槍刺入，逼佔據知事肉體的某種事物原形畢露，並被全國轉播的話，就算無法直接打倒，他的目的就算達成一半了。所以毒氣或炸彈是不行的。然而……」

「什麼也沒有出現。」

「是的。」

「這……這不就等於木原先生白白送命了嗎？」

似田貝顯得更洩氣了。

「不，不見得完全沒用。那樣還沒事肯定有問題，相信很多人會開始懷疑。就連那位軍事評論家也嚇了一跳不是？換句話說，知事不是人類，也不是某種事物變化的，而是某種物體竊佔了他的身體。」

「可是方才被刺傷後卻沒有露出原形，應該不是吧？」

「現實不是虛構，不見得事事都能照理想發展。唉，木原也很喜歡特攝啊……」京極搔搔下巴，接著說：「對了，他在死前說過知事已經死了。」

「嗯。那是在模仿《北斗之拳》吧。」

「不，那種狀態下如果還能像雷歐一樣耍寶反而會讓人肅然起敬，但應該不是吧？知事實際上的確死了。」

「慢著，不是說他平安無事？」

「屍體的話，當然殺不死。」

「啊？」

「假設……那是一具被某物控制的屍體，因此不管是被捅穿心臟還是被折斷脊椎都沒問題。因為原本就是死的。不同於屍體本身獲得行動能力的不死系怪物，知事的情況說來，屍體比較像是交通工具，就算有點受損也沒有問題。」

「這……的確有可能。」綾辻雙手在胸前盤起，說：「首先把一切不可能的結論都排除，剩下的不管多麼難以置信，也必然是事實——推理將從這裡展開。這是福爾摩斯的台詞。」

「以神祕主義信奉者的柯南．道爾而言，這句台詞實在很理性。」京極回答。

「這代表福爾摩斯就是如此偉大啊。」

「問題是，到底是什麼竊佔知事的身體？」

「我也不清楚。」

京極的說明往往長篇大論，但遇到他也不懂的事時，總會異常乾脆地承認。

「總之，至少能肯定的是，我們當前的敵人就是那個不明所以的事物。」

「嗯。」

「雖然沒打算戰鬥，但或許算是吧。」

「總之先救人出來要緊。」岡田說。

這時突然聽見奇妙的呼喊聲。

似乎很慌張。

「喂，記錄下來了嗎？記錄。」

是多田克己。身後跟著二、三名多田妖怪講座的學生。

「剛剛有記錄了嗎？」

「記錄啥？」村上說：「拜託，把話講清楚嘛。」

「其實啊，剛剛的電視轉播有出現百鬼夜行和手洗鬼和大首喔。」

「早就看到了。」

「所以說……」

「啊，錄影嗎？」村上問：「你在問是否有錄影？」

「不然還有什麼意思？那個百鬼夜行，沒有缺的呢。」

「你在講啥根本聽不懂。」村上皺眉：「什麼沒有缺的？我看有缺的只有腦吧。」

「村上，你在說啥我也不懂。繪卷種類很多，不過每一幅都不同。但是……」

「好了好了，我懂了。」村上說。

「講成這樣居然聽得懂，不愧是多田先生的老友。」及川不由得佩服地說：「我完全聽不懂。」

「他想說失落環節被補上了吧？剛才沒看仔細，現在回憶起來似乎有些妖怪沒看過。」

「真是不得了。」多田顯得有些興奮地說：「因為……」

「慢著，現在沒空管這個吧？木原先生死了。香川先生和湯本老師還留在那棟公寓裡，荒俣老師則是化身成學天則不斷邁進啊。」

「是沒錯，但這兩者不能混為一談吧？你說對吧？」多田向雷歐徵求同意。

「咦？啊，是……是的，這兩者不能混為一談……」

不……

不行。

這個回應一點也不有趣。

不有趣就算了，是既不無聊也不愚蠢，也非毫無意義，而且還不冷場。雷歐是個笨蛋，認為被人嫌很冷也是一種耍寶方式。被人用鄙夷眼神看待則是種光榮。就算不能使人發笑，至少要讓自己能當笑柄。多麼愚劣的矜持啊。但現在的雷歐連這份愚劣的矜持也失去了。

「呃……」

「看，連這個笨蛋雷歐都明白。寶貴的事物就是寶貴，不該輕易被情感左右。對吧。」

「不不。」

村上轉頭面向多田。

對雷歐的發言連理都不理。

「是沒錯，但凡事都有所謂的先後順序，身為人好歹該顧慮一下吧，你沒聽過『適時適所』嗎？」

「但現在不是拘泥小節的時候吧？百鬼夜行說不定再也沒機會看到了，對吧？雷歐。」

又被要求背書。

「啊，是的。或許不會再出現……吧？」

啊啊啊，不行，太遜了，好普通的回答啊。

「看吧。」多田得意起來：「連這麼蠢的雷歐都同意。」

「我說你啊，你難道沒想過因為雷歐是蠢蛋才唯唯諾諾地同意你嗎？」

「太過分了吧。」多田說：「你想說我也是笨蛋嗎？是嗎？就算本來就是笨蛋，難道我和雷歐老弟同水準？這種水準？太慘了吧？你這句話很傷人耶！」

多田這種說辭，怎麼想更受傷的都是雷歐。雖然讓場面變冷被鄙視對雷歐而言是種光榮，但講冷笑話沒反應，只被當成普通笨蛋的話實在有點悲哀。而且，不知為何還被多田稱呼為老弟。

「那麼寶貴的影像。」

「那你怎麼不自己錄？既然很重要的話。」

「真的很重要。」

「沒錄就沒錄。我不會要你看場合，這對你來說太困難，但至少顧慮一下狀況吧，煩死了。」

「咦！」

「咦什麼咦啊。」

「喂，很吵耶。」

郡司低沉地抗議。岡田立刻打圓場：

「多田先生放心吧。一定有人錄下的。而且這段影片之後一定會反覆播放，不只這家電視台，其他台應該也有拍下來。而外國人也會上傳到網路的。」

岡田這個人果然是無懈可擊啊，似田貝佩服地想。多田說：「喔，那就好。既然如此，應該就看得到了。」

「你想看什麼？」京極問。

「當然是那個失什麼的。」

「失落的環節。」村上幫忙補充。結果對多田還是很親切嘛。

「對對，就是那個。搞不好有沒看過的妖怪。不，肯定有。」

「想必是有吧。」京極語氣平淡地說：「但就算有不認識的妖怪，你應該也看不到。」

「咦？」

「啊，原來如此。」村上拍掌，說：「那是攝影者的……」

「是的。雖然因為是即時轉播，主體是誰並不清楚，總之那是某人的腦內畫面。如果遇到不認識的妖怪，他也看不見。」

「這麼說來，似乎有許多妖怪很模糊。」及川說：「原來那個不是沒拍清楚啊？」

「恐怕是不認識吧。不過像手洗鬼之類的著名妖怪也很多，而且我們現在看的這台的工作人員功課作得很足，連繪卷的塗壁也認識——其他電視台就不敢說了。」

「早知道就該轉其他台確認看看。」郡司有點懊悔，說：「學天則出來時心情還很輕鬆，木原先生進行奇襲後心情很沉重，就沒心思這麼做了。」

「正常人都如此。」

「咦？所以看不到？」多田問。

「嗯，我是這麼推測的。如果電視台的人比多田你更熟悉妖怪的話就另當別論。」

「那不可能。」多田斷然否定。他對妖怪很有自信。

「那就沒辦法了。除非那個人看過連我們也不知道的繪卷，而且還記得很清楚的話或許有機會。但這種事……」

「不可能的，不可能的。」多田說：「慢著……絕對不可能嗎？」

「應該不可能。」

「那麼，該怎麼才能看，有什麼提示的話，會不會看得清楚一點？」

「應該也辦不到。」

「有提示也不行？」

「什麼提示嘛……京極兄，真的沒方法嗎？」

「要看見不認識的妖怪，只有一個方法。」

「有嗎？」

「有。就是……去認識那個妖怪。」

京極冷漠地說。

「聽不懂意思。」

「就是取得收錄那種陌生妖怪的繪卷，仔細觀察那種不認識的妖怪的模樣並記在腦海，下次出現時應該就能看見了。」

多田愣住一秒左右，接著說：「那樣的話哪是什麼不認識的妖怪啊。已經認識了！」

「就說不認識就看不見啊。」

「這樣不就沒意義了？如果能看到繪卷，我又何必看影像！這太奇怪了，這樣根本是本末倒置！」

「本末倒置的人是你。」村上說。

「發布避難指示了。」貫井突然插嘴：「杉並區全區與中野區部分地區發布避難指示，中野區與新宿區是避難勸告，鄰近地區則是避難準備。」

電視畫面顯示避難分區圖。

接著顯示文字訊息，主播宣讀內容。

「範圍很廣啊。」

「沒辦法，有那些妖怪出現的話。」

「說是避難指示，實質上等同於避難命令了。」

「根本是戒嚴令吧。」

「這下子更難救人了，根本進不去！」郡司鼻翼賁張氣憤地說：「乾脆喝酒睡大頭覺算了。小岡，你幫我聯絡他們，說我們愛莫能助。」

「不……這倒不見得。」

京極把眉毛吊得老高地說。

「京極，你剛才也這麼說，但現在這樣真的沒轍了吧。」

「不……現在不是要求區域內居民完全撤離？為了噴灑那種化學武器。」

「一定會噴好噴滿。」及川說。

「換句話說，活人會全部不見。」

「就算有人還留在裡頭，噴完也死了。」

「那棟公寓附近更是會特別噴灑。」

「肯定會噴得到處都濕答答的。」及川說。

「所以說，會變得空無一人。」

「就說了，有的話也死定了。」

「自然也不會有電視轉播。」

「不可能還去轉播吧。」

「然後……」京極指著電視，說：「下達避難指令的是杉並區全區與中野區部分區域，範圍相當廣。這個區域大多是住宅區，人口稠密。」

「是這樣沒錯。」

「所以一、二小時就完成避難作業是辦不到的。也得先準備收容所。就算現在社會瀰漫著異常氣氛，不可能在居民還沒撤離的狀況下就噴毒氣。」

「嗯，不可能。」綾辻回答：「會先確認所有人都撤離了再進行。」

「確認作業短時間內能結束嗎？避難指示地區相當廣大喔。」

「應該不可能吧。」

「因此，除汙作業再怎麼快，也是明天下午才會開始進行。」

「目前預定於明日的下午四點開始噴灑。」岡田說。果然在確認平板電腦。

「得在那之前進行避難。」

「所以說……」

「電視轉播很快就會結束，警察與暴徒與圍觀群眾也會離開。之後……」

「我明白了。趁現在一團混亂進入區域內的話，之後伺機行動，將各項文物搬運上車，在四點前避難即可。」

「從現在開始作業的話，時間很充分啊。太輕鬆了，不用擔心了。」似田貝說。

「那是不可能的，似田貝先生。」岡田說：「我們現在人在富士山麓，和對方也得到明日上午十一點才能聯絡。換句話說，最快也得等到上午十一點防災牆才會升起。不可能從現在開始搬運。」

「不管如何，都不可能現在就開始。一來發生過那種事件，而徹底撤離少說也要四、五個小時。因此，公寓前大概得等到明天早上才會空無一人。」

這時，郡司不知為何豎起拇指。

「怎麼了？」

「其實我早就在杉並區租了搬家用卡車，現在就停在避難指示區內，離那間公寓不到十分鐘的車程。但沒有司機和搬運工。」

「也就是說，只要有司機和搬運工就有辦法救援囉？」

「應該有機會。」

只要東西都上車就能馬上離開，說不定還會被催促快點走呢。

「這樣看來，應該來得及吧。」岡田說：「只要我們在明天十點五十分前準備好，十一點就能立刻展開搬運作業。」

先不論是否能順利進入區域內，時間上應該很充分。

「現在立刻搭車，在天亮前移動到杉並區附近，趁著天色未明潛入區內，並移動到卡車所在地的話，時間應該來得及。」

郡司說，接著表示：

「只是，開車侵入區內應該有困難。現場到時候必定是禁止進入。所以我們要先把車子停在某處，徹底以居民的身分……反正我本來就住在杉並區，不算說謊。以要先回家一趟再避難為理由，或許能潛入吧。如此一來……也許真的沒問題吧。」

「嗯，應該沒問題的。」岡田又說。

「嗯……」村上思忖半晌，說：「如此一來，作業時間最短就是……五小時吧。從上午十一點到下午四點為止。得將文物搬上車並堆好。五小時真的能完成嗎？」

「沒問題吧？」郡司說：「不以貨物為優先，只要時間快到，二話不說就直接出發。反正我也不想長時間肉體勞動。」

「慢著慢著慢著。」京極搖手，說：「別以為我們有整整五小時。要實施噴灑作業，想必會從作為源頭的公寓附近開始執行，所以明天下午就會開始準備。此外就算沒電視轉播，也無法保證現場沒有全副武裝的ＹＡＴ待命。公寓前真的有完全淨空的時候嗎？就算有，在十一點時真的沒人嗎？以上這幾點都很難說。因此再怎麼多估，搬運文物的時間……我想，實質上只有一小時吧。不，必須在一小時內結束。當成只有三十分鐘比較合理。」

「又在往最壞方向打算了。」郡司瞪著京極，說：「我好不容易提起幹勁耶。」

「但現實就是如此嚴苛啊。」

「是沒錯啦……」

「只好採用人海戰術。一群人出動，一口氣搬上車，迅速逃亡。」

「可是……目前不知道文物總量多少，所以也不確定能否搬完。而且那麼多人去的話，回程坐得下嗎？」

「各自徒步避難吧。」

「嗯，在撤離區遊蕩一下應該就會被逮捕並強制驅離，這招應該有效。」

「但如果都沒人發現就死定了。」村上說。

「也是。總之，單論可能性的話，救援行動當然是有機會成功。但如果錯失撤退時機的話，就會全軍覆沒。就算順利把貨物搬上卡車，倘若恰好遇上ＹＡＴ趕來，來不及搭上車的人就死定了。」

「會被殺嗎？」

「當然。被看見從妖怪製造工廠搬妖怪文物出來的話，肯定會被殺吧。尤其現場又沒其他人，肯定會毫不猶豫直接動手。」

「喂喂，京極，你到底是站在哪邊的？」郡司沒好氣地問：「你想鼓勵還是想阻止救援行動？怎麼一路唱衰啊。你自己剛剛不是說有機會嗎？」

「然而現實並不是我不唱衰就會改變的。」

「是沒錯。」

「我當然很想拯救他們，也想保護妖怪遺產。但我個人懷抱的願望對事實沒有影響。以為許願就能成真根本是大錯特錯。若是全世界的人對同樣的事情各有不同方向的期望，究竟誰的願望才能成真？願望愈強烈者就能獲勝嗎？那個強度又該怎麼測量？願望強度是什麼？難道有願望測量儀嗎？夢想無法成真，心願無法得償，期望無法實現。這世界只會往該前往的方向發展，沒有不可思議的事存在！」

京極用帶著露指手套的手握拳。

「京極兄真的是徹底不改其色呢。」綾辻笑著說：「真讓人佩服。」

「既然如此……京極，你說又該怎麼辦？」

「我沒有決定權，我只是主張要做的話，就盡可能把成功率拉到最高而已。把安全管理和風險管理搞混的話，就會全滅。因為一定會發生意料之外的事。」

「嗯……」

「日本人時常以為保持安全就是風險管理。所以老愛用『意料之外』這個詞。然而意料之外的事也可能發生，隨時做好因應災變的準備才是風險管理的第一步。」

「是這樣沒錯。」

「一開始是更絕望的狀況。但靠著荒俣先生的擾亂戰術，以及接下來大量出現的妖怪，終於打開一個突破口。接著是木原的瘋狂舉動與更進一步的巨大妖怪登場，總算見到一線曙光。此外，東京都下達避難指示也讓可能性更為提高。」

「我就說吧。」

「不，聽好，原本的可能性是零，現在雖然提升到百分之幾，但也只是百分之幾。零和一截然不同，但百分之一並非百分之百。找出可能性很重要，但只有愚者看見一線生機就以為百分之百能得救。那是很危險的。」

「難道不能抱著不入虎穴的心態闖看看嗎？」

「要去可以，請務必看清退場時機。如果進不去就立刻回來；進去了如果無法靠近就放棄；載不了文物就只救人，放棄那些文化財；就算已經搬了一半，苗頭不對也要快點逃走。總之行動要迅速。兵法的要義就是確保退路。逃走也是戰術之一。感到卑劣或不捨的感情論或精神論什麼屁用也沒有。那種心態毫無任何意義。」

雷歐想，啊，這段話好像《金肉人》的台詞。

「雖然壯烈犧牲很帥氣，但那不是聰明人的作法。冷靜一想就知道，那單純只是放棄。橫豎都要放棄的話，還不如乾脆逃跑比較有意義。」

「我也贊成這個觀點。」郡司說：「不管如何，不希望再因這種事出現更多的犧牲者了。」

「這套作法不限緊急事態，凡是最重要的是持續收集資訊，基於正確的狀況分析迅速做出判斷。沒注意到或漏看或判斷錯誤當然不行，但拖拖拉拉猶豫不決更糟糕。慎重和優柔寡斷完全不同。迷惘絕對步行。與其迷惘，還不如快點選一邊。就算錯了，只要迅速發現，就能能迅速補救。迷惘只會浪費時間，糟糕透頂。懂了嗎？雷歐。」

雷歐很想回答「我就是雷歐，有何貴幹？」但不敢多嘴。

「總之，要和時間競賽。」京極以這句話作為總結。

「所以大家一起去吧。一旦發生問題，立刻拔腿就跑，這樣如何？」

「嗯，就這麼辦吧。」

「我不去。」京極立刻說。

雷歐想，鼓舞眾人後唱衰，最後居然不去嗎？太厲害了吧。當然，這句也不敢說出口。

「肉體年齡七十五歲的我在肉體勞動中幫不上忙，而且我的外型又格外醒目，只會給大家扯後腿。我跑不動又沒駕照。而且我對生命毫無執著，一碰上狀況立刻會放棄。不管在任何場面，都只會成為負面因素。和大家一起行動只會增加風險。」

「嗯……」

「因此理性思考起來，我不該參加這項任務。」

「京極先生的說詞真像史巴克。」及川傻眼地說。

「沒辦法，我孩提時期很憧憬瓦肯人。訴諸以情的話，往往聽起來冠冕堂皇，也容易感動人心，但現在這個狀況若不能訴諸理性的話會對全體帶來危機。基於相同理由，多田仔也別去比較好。」

「我要去我要去。」多田迅速地說了兩次。

的。」

「你別去啦。」村上打斷他的話：「你的模樣早被認出來了，去現場遊蕩會被逮捕的。」

「你不也一樣？」

「我會易容，但你辦不到吧？光體型和動作就被看穿了。」

「不然穿布偶裝好了。」

說完，多田嘻嘻簡短笑了兩聲。

「那樣反而很醒目，也容易跌倒。你就留在這裡等吧。反正你也不會開車。我會找這附近的年輕人一起去。要在哪裡集合？」

「我也去吧。」郡司起身，說：「荒俣先生正在奮鬥，安排車子的人是我，就由我來開吧。如同京極所言，時間非常緊迫，要臨機應變，要有隨時中止任務的心理準備。」

接著，轉頭看向其他人，說：

「岡田，及川，似田貝，你們一起來吧。既然決定要這麼做，我現在就去聯絡，請車主把鑰匙留在卡車上，放置在原地。否則連車主也去避難的話，一切努力就白費了。」

郡司走向隔壁房間聯絡。

「那我去徵集移動用的車輛和人手。」

村上走向門口。

「我不去真的好嗎？」多田問。

「事實上你根本不該去。」京極回答。

「喔，好吧。」

說完，多田在電視機前坐下。接著突然吃驚地喊：

「京……」

「怎麼了？」

「京極！」

「咦？這……這該怎麼解釋才好？」

綾辻不知為何露出悲傷表情。

不知不覺間無法融入討論，雷歐只好呆站在房間角落。由他所站位置難以看見電視畫面，所以並不清楚現在眾人看到了什麼。

但現在不管發生什麼事，應該也沒什麼好驚奇的吧？

「啊……這真是不得了。」

居然連京極都這麼說。

準備離開的似田貝回頭看到，也說了聲「哎呀！」

「那……那個人不是黑先生嗎？京極先生。這次換黑先生了嗎～慢著，咦？那應該是東總編與平山先生吧？唔哈～」

「平山先生是指平山夢明先生？」貫井也望向電視畫面，說：「啊啊，那道身影確實很像東先生。」

被挑起好奇心的雷歐走向前，看到電視的跑馬燈顯示「神奈川亦出現巨大怪獸蹤影」。

「那個……不算怪獸吧？那是……」

「看起來像是克蘇魯風格。」

「克蘇魯？」

那不是創作的神話嗎？

呃……

記得是像章魚那種。

不過，在一般人眼裡應該是怪獸吧。至少不是妖怪。

『多麼驚人的遊行啊！與其說遊行，更近乎示威抗議。一隻巨大的……相當巨大的怪獸被大量——初步估計約有五百人以上——群眾包圍，正緩慢地前進中！』

可以聽見記者的報導。

『請問包圍怪物的究竟是什麼樣的人呢？奧道後記者。』

「這裡是奧道後。遊行隊伍中似乎有相當多的外國人……應該超過半數是外國人。他們高舉告示牌與布條，上頭似乎寫著訊息，但看不懂是什麼意思。呃……「是純脆創作物的餡石化而非妖怪」？？雖然寫著日語，但語焉不詳，漢字似乎也寫錯了……』

『先別管這些細節，奧道後記者，請問遊行的訴求是什麼？』

『示威隊伍希望保護這個怪物。他們主張這種怪物不是妖怪，不應視為攻擊對象。到處可見這類訊息。』

『不是妖怪？有根據嗎？』

「克蘇魯本來就不是妖怪。」

「是邪神，是舊日支配者。而且是純粹的創作物。」

「但……確實存在。」綾辻指著畫面說：「對京極兄而言，這也不算不可思議嗎？」

「嗯，其實克蘇魯和其他湧現的妖怪差異並不大。因為妖怪原本也是純粹的創作物。只不過妖怪大半是基於文化或習俗而被創造出來的，並非個人創作。在這層意義下或許有所分別吧。」

「原來如此。」綾辻連點了好幾次頭，說：「克蘇魯神話也不是洛夫克拉夫特獨力創造出來的。因此，說兩者的差異不大，的確是能認同。」

雷歐想，既然綾辻老師大人認同了，應該錯不了。但畫面中一一出現難以置信的事物。

『也有日本人參加嗎？』

『是的，圍繞在怪物身旁的應該是日本人，不過人潮洶湧，沒辦法靠近採訪。此外，在怪物背後……有工程用的重型機具。那是挖土機嗎？抱歉我對這方面不熟，不敢斷定。總之有這類機具存在。』

「是松村先生。」

似田貝愣住了。

「絕、絕對是他。而且福澤先生和黑木先生也在。唉，這到底是怎樣啊？」

松村看起來很像在笑。但他天生就是這種表情，其實心裡很慌張吧。似田貝像是嚇軟腿地半蹲著，不知如何是好地說：

「木原先生之後換這些人嗎？這一切看起來像是假的。太不現實了。」

「最近不管什麼都很不現實。所以反而是事實吧。」

恐怕無法加以攻擊吧——電視台的軍事評論家正在大放厥詞。

『事實上，究竟是誰才有資格判斷是否為妖怪，的確是大哉問。』

『但那隻怪物怎麼看都和妖怪一樣吧？』

『即使如此，神奈川並沒有類似YAT的組織。就算有，他們沿著街道移動也難以攻擊。而且，那也不是警察或自衛隊能處理的對象。』

『可是這好歹違反了交通法啊。』

『不，問題不在那裡，如此怪誕又巨大的事物無法以物理手段打倒。如果那真的是妖怪，也不該貿然接近。』

『您對示威隊伍有何看法？』

『示威群眾看似沒有武裝，不過這很難說。就算機動隊出動，也會盡量避免與他們衝突吧。會試著說服或沿路警護。』

『難道只能靜觀其變嗎？』

『是的。不過根據目前獲取的情報，示威隊伍中有一派主張即使是妖怪也不該加以攻擊。這難道沒踩到底線嗎？主張妖怪也有人權或妖怪也應該受到保護，這種思想太荒謬，於理不容。』

『這又是另一個問題。跟那個怪物該歸類於哪一邊是不同次元的問題。就算是動物保護，我也主張不該無限上綱。更何況妖怪本來就沒有人權。牠們根本不是人。那種東西比傳染病的病毒更低等。日本因為妖怪問題喪失國際信用，絕不能繼續坐視不管。沒有比說要保護那種東西更可笑的主張，沒有討論的餘地。妖怪基本上就只能撲滅或殲滅。主張要保護妖怪的人究竟在說什麼夢話？妖怪甚至不是生物，為何需要保護。哼，保護妖怪？只要主張這個就是賣國賊，沒有當國民的資格。根本瘋了。』

『支持妖怪者沒有人權，政府的見解也是如此。』

『是的，就是這樣。應該早日揪出那些反動分子，加以逮捕或處刑。這不是思想或信念的問題，這些人的腦被汙染了。必須儘快修法，將這些人處以極刑。』

「真是的。這世間變得很可怕啊。」綾辻表情陰沉地說：「如果是正常的社會，這種說法不可能被接受的，這個名嘴才真的瘋了。但是……輿論是支持這一方的吧。」

說完，綾辻瞇細了眼。

「雖然妖怪不是人，沒有人權，但妖怪迷好歹是人，應該保障他們最低限度的人權吧。

但現在舉國似乎都支持將妖怪迷就地處刑也無妨。」

京極說這番話時，維持一如既往的聲調，表情也毫無變化。

「話又說回來……」貫井說：「這支遊行隊列的目的地是哪裡？他們的主張我明白了，但目的是什麼？」

「不明白呢。」

「今後會怎樣？」

「這也不明白啊。」

『日本到底是怎麼了！』

主播淒厲嘶喊。

『這個國家難道就這樣遭妖怪蹂躪而滅亡嗎？真的無法撲滅妖怪嗎！』

「就說那不是妖怪啊。」

「算了，如果連機器人也是妖怪的話，怪獸更接近妖怪吧。至於邪神就更不用說了。」

「說得也是。」

這時，門口傳來村上的呼喊。

「雷歐，在發什麼呆啊，還不快來！」

咦？

「在在在……在叫我嗎？」

「除了你以外，還有誰叫雷歐？走了啦，準備赴死吧。若有萬一，你就是犧牲品。身先士卒去死吧。」

「犧牲品……村上大哥，犧牲品是什麼意思？」

「就如字面的意思啊。一旦遭到攻擊，我一定會先推你下去。趁你被攻擊的空檔大家趕快逃走。這是全妖怪推進會一致通過的見解。」

「不要啦，我我我我啊身子很弱耶。我家中還有兩個病弱的老婆、五個剛出生的嬰兒、久臥病床的老媽、成天酗酒的老爸、失智徘徊的祖父，以及得到腳氣病無法工作的紅毛猩猩……」

「來啦。」

「不行啦，我……」

「喂，要犧牲當然是先從社會損失較少的那方開始吧？失去湯本先生或香川先生是重大損失。所以我們必須去拯救他們，而你則是活著本身就是種損失。」

「現在是這樣，但是我啊，還很年輕，還有希望和將來耶。」

「明明已經不年輕了。連比你年輕的人也要一起去。真正很有將來的年輕人，我也會挺身保護。」

「我沒有將來嗎？」

「只有禍害吧。」

「啊～可是，如果我死後，月刊不會很困擾嗎？而且，如果有下個危機來臨的話……」

「下一個犧牲者就是及川。」

「原來我是第二號候補啊～」村上背後傳來聲音。

「好了啦，別再浪費時間胡扯，我們該走了。」

「雷歐，走吧走吧，村上先生只是在開玩笑啦。」似田貝拉起雷歐的手。

「不，我想他是認真的。」京極冰冷地說。

「總之，你給我準備慷慨就義就對了。」村上說。

雷歐想，拜託只是開玩笑就好，別認真啊。

正當雷歐不知為何躡手躡腳地朝門口方向邁出步伐時，突然發現不大對勁。村上迅速讓開，驚呼一聲。

京極站起，說：

「老……老師！」

「老師？」

人牆分開，村上更退一步。不知為何，綾辻和貫井也跟著起身。

郡司也從隔壁房間探出頭來，所有人都注視著門口。

從門口處——

水木茂大師現身了。

大師表情顯得有些凝重。

「你們在幹嘛？」

「呃，我們……」

「荒俣說要來這裡。」

「咦？」

學天則巨神嗎？

雖然他算是成功單獨逃離……

「戰爭不好，因為會餓肚子。但鬼的話就該打倒。因為這個鬼啊，一點也不有趣吶。所以你們啊，一起來打倒鬼吧。」

大師傲然宣言。

虛實妖怪百物語・未完待續

書封插圖／出自佐脇嵩之《百怪圖卷》福岡市博物館　藏
原書裝幀／片岡忠彥（ニジソラ）

國家圖書館出版品預行編目資料

虛實妖怪百物語：破 / 京極夏彥作；林哲逸譯．
-- 初版．-- 臺北市：臺灣角川，2019.09
面；　公分．--（文學放映所；114）
譯自：虛実妖怪百物語：破
ISBN 978-957-743-320-6(平裝)

861.57　　108014203

虛實妖怪百物語　破

原著名＊虛実妖怪百物語 破

作　　者＊京極夏彥
譯　　者＊林哲逸

2019 年 9 月 30 日　初版第 1 刷發行

發 行 人＊岩崎剛人
總 經 理＊楊淑媄
資深總監＊許嘉鴻
總 編 輯＊呂慧君
主　　編＊李維莉
美術設計＊李曼庭
印　　務＊李明修（主任）、張加恩（主任）、張凱棋

台灣角川

發 行 所＊台灣角川股份有限公司
地　　址＊105 台北市光復北路 11 巷 44 號 5 樓
電　　話＊（02）2747-2433
傳　　真＊（02）2747-2558
網　　址＊http://www.kadokawa.com.tw
劃撥帳戶＊台灣角川股份有限公司
劃撥帳號＊19487412
法律顧問＊有澤法律事務所
製　　版＊尚騰印刷事業有限公司
I S B N＊978-957-743-320-6

※ 版權所有，未經許可，不許轉載。
※ 本書如有破損、裝訂錯誤，請持購買憑證回原購買處或連同憑證寄回出版社更換。

Design by Tadahiko KATAOKA
Design usage permission arranged with KADOKAWA CORPORATION, Tokyo

©Natsuhiko Kyogoku 2016
Chinese translation rights arranged with RACCOON AGENCY Inc.